T0382865

EL ACONTECIMIENTO

colección andanzas

Obras de Annie Ernaux
en Tusquets Editores

ANNIE ERNAUX
EL ACONTECIMIENTO

Traducción de Mercedes y Berta Corral

Obra editada en colaboración con Editorial Planeta – España

Título original: *L'événement*

Annie Ernaux

© 2000, Éditions Gallimard

© 2001, Traducción: Mercedes y Berta Corral

© Tusquets Editores, S.A. – Barcelona, España

Derechos reservados

© 2022, Editorial Planeta Mexicana, S.A. de C.V.
Bajo el sello editorial TUSQUETS M.R.
Avenida Presidente Masarik núm. 111,
Piso 2, Polanco V Sección, Miguel Hidalgo
C.P. 11560, Ciudad de México
www.planetadelibros.com.mx

Diseño de la colección: Guillemot-Navares

Primera edición impresa en España: marzo de 2001
Primera edición impresa en España en esta presentación: noviembre de 2019
ISBN: 978-84-9066-756-9

Primera edición impresa en México: octubre de 2022
ISBN: 978-607-07-9639-5

Impreso en los talleres de Impregráfica Digital, S.A. de C.V.
Av. Coyoacán 100-D, Valle Norte, Benito Juárez
Ciudad De Mexico, C.P. 03103
Impreso y hecho en México – *Printed and made in Mexico*

Este es mi doble deseo: que el acontecimiento pase a ser escritura y que la escritura sea un acontecimiento.

MICHEL LEIRIS

Quizá la memoria solo consista en mirar las cosas hasta el final...

YŪKO TSUSHIMA

Me bajé en Barbès. Como la última vez, un grupo de hombres esperaba en el andén del metro aéreo. La gente avanzaba por la estación con bolsas de color rosa de los grandes almacenes Tati. Salí al Boulevard Magenta. Reconocí los almacenes Billy, con los anoraks expuestos en la calle. Una mujer avanzaba hacia mí con sus robustas piernas cubiertas con unas medias negras de grandes dibujos. La Rue Ambroise-Paré estaba casi desierta hasta las inmediaciones del hospital. Recorrí el largo pasillo abovedado del pabellón Elisa. La primera vez no me había fijado en el quiosco de música que había en el patio que se extendía al otro lado del pasillo acristalado. Me pregunté cómo vería todo aquello después, al irme. Empujé la puerta quince y subí los dos pisos. Entregué mi número en la recepción del servicio de medicina preventiva. La mujer buscó en un fichero y sacó un sobre de papel Kraft que contenía unos papeles. Tendí la mano para alcanzarlo, pero no me lo dio. Lo puso encima de la mesa y me dijo que me sentara, que ya me llamarían.

La sala de espera consistía en dos compartimentos contiguos. Elegí el más cercano a la puerta de la consulta del médico, que era también donde más gente había. Empecé a corregir los exámenes que me había llevado conmigo. Justo después de mí, llegó una chica muy joven, rubia y con el pelo largo. Entregó su número. Comprobé que a ella tampoco le daban el sobre y que también le decían que ya la llamarían. Cuando entré en la sala, ya había tres personas esperando: un hombre de unos treinta años, vestido a la última moda y con una ligera calvicie; un joven negro con un *walkman,* y un hombre de unos cincuenta años con el rostro marcado, hundido en su asiento. Después de la chica rubia, llegó un cuarto hombre que se sentó con determinación y sacó un libro de su cartera. Después una pareja: ella con mallas y tripa de embarazada; y él, con traje y corbata.

Encima de la mesa no había una sola revista,

solo prospectos sobre la necesidad de comer productos lácteos y sobre «cómo vivir siendo seropositivo». La mujer de la pareja hablaba con su compañero, se levantaba, le rodeaba con los brazos, le acariciaba. La chica rubia sostenía la cazadora de cuero doblada sobre las rodillas. Mantenía los ojos bajos, casi cerrados; parecía petrificada. A sus pies había dejado una gran bolsa de viaje y una mochila pequeña. Me pregunté si tendría más razones que los demás para estar asustada. Quizá viniera a buscar el resultado de la prueba antes de irse de fin de semana o de volver a casa de sus padres, fuera de la capital. La doctora salió de la consulta. Era una mujer joven y delgada, petulante, con una falda rosa y medias negras. Dijo un número. Nadie se movió. Correspondía a alguien del compartimento de al lado, un chico que pasó rápidamente. Solo vi sus gafas y su cola de caballo.

Llamaron al joven negro y después a otras personas del compartimento de al lado. Nadie hablaba ni se movía, salvo la mujer embarazada. Solo alzábamos los ojos cuando la doctora aparecía en la puerta de la consulta o cuando alguien salía de ella. Le seguíamos con la mirada.

El teléfono sonó varias veces: era gente que pedía hora o información sobre los horarios. En una ocasión, la recepcionista fue a buscar a un biólogo para que hablara con la persona que llamaba. El hombre se puso al teléfono y dijo: «No, la cantidad es normal, completamente normal». Las palabras resonaban en el silencio. La persona al otro lado del teléfono debía de ser seropositiva.

Había acabado de corregir los exámenes. Me venía una y otra vez a la cabeza la misma escena borrosa de aquel sábado y de aquel domingo de julio: los movimientos del amor, la eyaculación. Debido a esa escena, olvidada durante meses, me encontraba ahora ahí. El abrazo y los movimientos de los cuerpos desnudos me parecían una danza mortal. Era como si aquel hombre, a quien había aceptado volver a ver con desgana, hubiera vuelto de Italia solo para contagiarme el sida. Sin embargo, no conseguía establecer una relación entre aquello (los gestos, la tibieza de la piel y del esperma) y el hecho de encontrarme en ese lugar. Nunca pensé que el sexo pudiera tener relación con nada.

La doctora dijo mi número en voz alta. Antes incluso de que yo entrara en la consulta me dirigió una gran sonrisa. Lo interpreté como una buena señal. Al cerrar la puerta me dijo enseguida: «Ha dado negativo». Me eché a reír. Lo que dijo durante el resto de la entrevista ya no me interesó. Tenía una expresión feliz y cómplice.

Bajé la escalera a toda velocidad y rehíce el trayecto en sentido inverso sin fijarme en nada. Me dije que, una vez más, estaba a salvo. Me hubiera gustado saber si la chica rubia también lo estaba. En la estación de Barbès, la gente se amontonaba a ambos lados de la vía. Aquí y allá se veía el color rosa de las bolsas de Tati.

Me di cuenta de que había vivido ese momento en el hospital Lariboisière de la misma forma que en 1963 había esperado el veredicto del doctor N.: inmersa en el mismo horror y en la misma incredulidad. Mi vida, pues, ocurre entre el método Ogino y el preservativo a un franco de las máquinas expendedoras. Es una buena manera de medirla, más segura incluso que otras.

Aquel mes de octubre de 1963, en Ruan, estuve esperando durante más de una semana a que me viniera la regla. Era un mes soleado y tibio. Me sentía pesada y sudorosa bajo el abrigo que había sacado demasiado pronto del armario, sobre todo en los grandes almacenes, adonde iba a pasar el rato o a comprar unas medias en espera de que empezara el curso. Al volver a mi habitación de la residencia universitaria, en la Rue d'Herbouville, siempre tenía la esperanza de encontrar una mancha en mis bragas. Todos los días, antes de acostarme, comencé a escribir en mi agenda, con mayúsculas y subrayado: NADA. Por la noche, cuando me despertaba, sabía enseguida que no había «nada». El año anterior, por la misma época, había empezado a escribir una novela: me parecía algo muy lejano y que nunca volvería a suceder.

15

Una tarde fui al cine a ver una película italiana en blanco y negro, *Il posto*. Era una película lenta y triste: trataba de la vida de un joven y de su primer trabajo en una oficina. La sala estaba casi vacía. Mientras miraba la frágil figura del joven empleado, vestido con una gabardina, y veía las humillaciones que sufría y la desolación sin esperanza de la película, sabía que la regla no me bajaría.

Una noche me dejé arrastrar al teatro por unas chicas de la residencia universitaria a quienes les sobraba una entrada. La obra que se representaba era *Huis clos*. Era la primera vez que veía una obra contemporánea. La sala estaba repleta. Veía el escenario a lo lejos, violentamente iluminado, sin dejar de pensar por un momento en que no me venía la regla. Solo recuerdo el personaje de Estelle, rubia, vestida de azul, y el del camarero vestido de criado, con los ojos rojos y sin párpados. Escribí en la agenda: «Formidable. Si no hubiera sido por aquella REALIDAD en mis riñones».

A finales de octubre dejé de pensar que pudiera llegarme la regla. Pedí hora con un ginecólogo, al doctor N., para el día 8 de noviembre.

El fin de semana de Todos los Santos volví como de costumbre a casa de mis padres. Temía que mi madre me preguntara por el retraso. Estaba segura de que inspeccionaba la ropa que yo le llevaba para lavar y que controlaba mis bragas todos los meses.

El lunes me levanté con el estómago revuelto y un extraño sabor en la boca. En la farmacia me dieron Hepatoum, un líquido espeso y verde que me produjo todavía más náuseas.

O., una chica de la residencia universitaria, me propuso que diera en su lugar unas clases de francés en la institución Saint-Dominique. Era una buena manera de ganar un poco más de dinero aparte del de la beca. La superiora me recibió con el manual de literatura del siglo XVI de Lagarde y Michard en la mano. Le dije que nunca había dado clases y que me asustaba la idea. Me contestó que era normal, que ella misma, durante dos años, solo había podido entrar a dar clase de filosofía con la cabeza gacha y mirando al suelo. Estaba sentada en una silla enfrente de mí y reproducía aquel gesto. Yo solo veía su cabeza cubierta por el velo. Al salir con el Lagarde y Michard que me había prestado me imaginé en la clase de segundo, bajo las miradas de las niñas, y me entraron ganas de vomitar. Al día siguiente llamé por teléfono a la superiora para rechazar las clases. Me contestó secamente que le devolviera el manual.

El viernes 8 de noviembre, cuando me dirigía hacia la plaza del ayuntamiento para tomar un autobús e ir a la consulta del doctor N., en la Rue La Fayette, me encontré con Jacques S., un estudiante de la Facultad de Letras e hijo del director de una fábrica de la región. Me preguntó qué iba a hacer a la orilla izquierda del río. Le respondí que me dolía el estómago y que iba a ver a un estomatólogo. Me contestó de forma categórica que el estomatólogo no curaba el estómago, sino las infecciones de boca. Temiendo que sospechara algo y que quisiera acompañarme hasta la puerta del médico, me separé con brusquedad de él en cuanto llegó el autobús.

Nada más bajarme de la camilla, con mi gran jersey cubriéndome los muslos, el ginecólogo me dijo que seguramente estaba embarazada. Lo que yo creía que era una enfermedad de estómago eran náuseas. Me prescribió unas inyecciones para que me bajara la regla, pero me pareció que ni él mismo estaba seguro de que fueran a hacer efecto. Ya en el umbral de la puerta, me dijo sonriendo jovialmente: «Los hijos del amor son siempre los más guapos». Me pareció una frase espantosa.

Volví andando a la residencia. En la agenda aparece escrito: «Estoy embarazada. Es horrible».

A comienzos de octubre había hecho el amor varias veces con P., un estudiante de ciencias políticas que había conocido durante las vacaciones y a quien más tarde había ido a ver a Burdeos. Aunque sabía por el calendario Ogino que me encontraba en un periodo de riesgo, no creía que «aquello pudiera llegar a arraigar» en el interior de mi vientre. En todo lo relacionado con el amor y el goce no me parecía que mi cuerpo fuera intrínsecamente diferente al de los hombres.

Todas las imágenes de mi estancia en Burdeos —la habitación de la Rue Pasteur, con el incesante ruido de los coches, la cama estrecha, la terraza de Montaigne, el cine en el que vimos una película de romanos, *El rapto de las sabinas*— tuvieron, a partir de entonces, un solo significado: me encontraba allí y no sabía que me había quedado embarazada.

La enfermera del Crous* me puso una inyección por la tarde sin hacer un solo comentario, y otra a la mañana siguiente. Era el fin de semana del 11 de noviembre. Volví a casa de mis padres. En un determinado momento tuve una breve y escasa pérdida de sangre rosácea. Dejé las bragas y el pantalón de tela manchados encima del montón de ropa sucia, bien a la vista. (Agenda: «He manchado un poco. Lo suficiente para engañar a mi

* Organismo regional, en Francia, de ayuda para los estudiantes universitarios. *(N. de las T.)*

madre».) De regreso a Ruan llamé por teléfono al doctor N., que me confirmó que estaba encinta y me anunció que me enviaría el certificado de embarazo. Lo recibí al día siguiente. Parto de: «la señorita Annie Duchesne». Previsto para el: «8 de julio de 1964». Me vino la imagen del verano, del sol. Rompí el certificado.

Escribí a P. para decirle que estaba embarazada y que no quería tener el niño. Nos habíamos separado sin saber si continuaríamos o no nuestra relación, y la idea de que la noticia fuera a turbar su despreocupación me complacía mucho, aunque no me hacía ninguna ilusión por el profundo alivio que le produciría mi decisión de abortar.

Una semana después, Kennedy moría asesinado en Dallas. Pero ese tipo de cosas ya no podía interesarme.

Una especie de aura rodea los meses siguientes. Me veo a mí misma caminando sin parar por las calles. Cada vez que pienso en ese periodo de mi vida, me vienen a la cabeza expresiones literarias como «la travesía de las apariencias», «más allá del bien y del mal» o, también, «el viaje al final de la noche». Siempre me ha parecido que todas estas expresiones reflejaban muy bien lo que viví y experimenté entonces, algo indecible y de cierta belleza.

Llevo años dándole vueltas a ese acontecimiento de mi vida. Cuando leo en una novela el relato de un aborto, me embarga una emoción sin imágenes ni pensamientos, como si las palabras se transformaran instantáneamente en una sensación violenta. De la misma manera, cuando escucho por azar *La javanaise, J'ai la mémoire qui flanche,* o cualquier otra canción que me acompañó durante ese periodo, siento una gran turbación.

Hace una semana que comencé este relato sin tener la certeza de que fuera a continuarlo. Tan solo quería comprobar que deseaba escribir sobre el tema. Era un deseo que experimentaba cada vez que me sentaba a escribir el libro en el que llevo trabajando desde hace dos años. Me resistía a ese deseo sin dejar de pensar en él. El hecho de abandonarme a él me horrorizaba. Pero también me decía a mí misma que quizás un día me muriera sin haber escrito nada sobre esa vivencia. Para mí, eso sí que habría sido algo imperdonable, no lo otro. Una noche soñé que tenía en las manos un libro que había escrito sobre mi aborto, pero era un libro que no se podía encontrar en ninguna librería y que no aparecía mencionado en ningún catálogo. En la parte inferior de la tapa estaba escrita con grandes letras la palabra AGOTADO. No sabía si el sueño significaba que debía escribir el libro o que era inútil hacerlo.

Hace tiempo que este relato se ha puesto en marcha y que me arrastra a mi pesar. Ahora sé que estoy decidida a ir hasta el final, pase lo que pase, de la misma forma que lo estaba a los veintitrés años, cuando rompí el certificado de embarazo.

Quiero sumergirme de nuevo en aquel periodo de mi vida, saber lo que descubrí entonces. Esta exploración se inscribirá en la trama de un relato, el único capaz de expresar un acontecimiento que solo fue tiempo, tanto dentro como fuera de mí. La agenda y el diario íntimo que escribí durante aquellos meses me suministrarán las referencias y las pruebas necesarias para establecer unos hechos. Trataré por encima de todo de sumergirme en cada imagen hasta tener la sensación física de «unirme a ella», hasta que surjan las palabras de las que pueda decir: «eso es». Trataré de volver a escuchar cada una de las frases, indelebles en mí, cuyo sentido debió de resultarme entonces tan insoportable o, por el contrario, tan consolador. Y que cuando me acuerdo de ellas hoy, me invade el malestar o la dulzura.

El hecho de que la forma en la que yo viví la experiencia del aborto, la clandestinidad, forme parte del pasado no me parece un motivo válido para que se siga ocultando. La ley, que casi siempre se considera justa, cae en la paradoja de obligar a las antiguas víctimas a callarse porque «todo aquello se acabó», haciendo que lo que sucedió continúe oculto bajo el mismo silencio de entonces. Pero precisamente porque ya no pesa ninguna prohibición sobre el aborto puedo afrontar (dejando de lado el sentido colectivo y las fórmulas necesariamente simplificadas, impuestas por la lucha de los años setenta: «violación de los derechos de las mujeres», etcétera) de forma real este acontecimiento *inolvidable*.

Derecho. Serán castigados con prisión y multa: 1) el autor de cualquier práctica abortiva; 2) los médicos, comadronas, farmacéuticos y demás culpables de haber inducido o favorecido estas prácticas; 3) la mujer que haya abortado por sí misma o que haya accedido a abortar; 4) la instigación al aborto y la propaganda anticonceptiva. La prohibición de residencia podrá ser impuesta a los culpables. Los culpables pertenecientes a la segunda categoría podrán ser también castigados con la inhabilitación definitiva o temporal para el ejercicio de su profesión.

Nouveau Larousse Universel, edición de 1948

El tiempo dejó de ser una insensible sucesión de días que había que llenar con clases y ponencias, con pausas en los cafés y en la biblioteca, y que conducía a los exámenes, a las vacaciones de verano y al porvenir, para convertirse en algo informe que avanzaba en mi interior y que había que destruir a cualquier precio.

Asistía a clases de literatura y de sociología, iba al comedor universitario y tomaba cafés al mediodía y por la noche en la Faluche, el bar reservado para los estudiantes, pero ya no vivía en el mismo mundo. A un lado estaban las otras chicas, con sus vientres vacíos, y al otro me encontraba yo.

Cuando pensaba en mi situación, no utilizaba ninguno de los términos con que se la suele de-

signar, del tipo: «espero un niño» o «estoy embarazada», ni mucho menos «estoy en estado de
buena esperanza». Esas expresiones contenían la
aceptación de un futuro que no tendría lugar. No
merecía la pena nombrar lo que yo ya había decidido hacer desaparecer. En la agenda escribía:
«eso», «la cosa esta». Solamente una vez puse «embarazada».

Pasaba de la incredulidad de que aquello estuviera pasándome a mí, a la certeza de que era algo
que tenía que pasarme a la fuerza. Estaba abocada
a ello desde la primera vez que había gozado bajo
las sábanas a los catorce años. Una experiencia
que no había podido dejar de repetir después, a
pesar de mis rezos a la virgen y a los diferentes
santos y de soñar sin cesar que era una puta. Casi
me parecía un milagro no haberme encontrado
antes en esa situación. Hasta el verano anterior
había conseguido, a base de esfuerzos y de humillaciones —como la de que me llamaran cabrona
y calientapollas—, no llegar a la penetración. Lo
había conseguido gracias a la contención de un
deseo que, no pudiéndose limitar al flirteo, me
hacía temer hasta un simple beso.

Establecía confusamente un vínculo entre mi
clase social de origen y lo que me estaba ocurrien-

do. Yo era la primera persona de mi familia que estudiaba una carrera. Todos los demás habían sido obreros o pequeños comerciantes. Había conseguido escapar de la fábrica y de la tienda. Pero ni la reválida ni la licenciatura en letras habían conseguido alejar la fatalidad de una pobreza heredada cuyos emblemas eran el padre alcohólico y la madre soltera. No había podido librarme de ello, y lo que estaba creciendo dentro de mí era, en cierto sentido, el fracaso social.

No me producía ninguna aprensión la idea de abortar. Me parecía, si no fácil, al menos factible; que no era necesario tener ningún valor especial para hacerlo. Era una desgracia muy común. Bastaba con seguir la senda por la que una larga cohorte de mujeres me había precedido. Desde la adolescencia había ido acumulando relatos relacionados con el aborto. Los había leído en las novelas o se los había oído contar en voz baja a las vecinas del barrio. Había ido adquiriendo un vago conocimiento sobre los métodos que podían utilizarse: la aguja de hacer punto, el peciolo del perejil, las inyecciones de agua jabonosa, la equitación. Pero la mejor solución era encontrar un médico «clandestino» o una de esas mujeres a las que se conocía por el nombre de «aborteras». Sabía que ambos cobraban mucho, pero no tenía la menor idea de cuáles eran sus tarifas. El año anterior, una joven divorciada me había contado que un médico de Estrasburgo la había ayudado a abortar. No me dio ningún detalle, solo me dijo que le había dolido tanto que había tenido que agarrarse al lavabo. Yo también estaba dispuesta a agarrarme al lavabo. No se me ocurría que pudiera llegar a morir.

Tres días después de haber roto el certificado de embarazo me encontré en el patio de la facultad con Jean T., un estudiante casado y asalariado al que dos años antes le había pasado los apuntes de un seminario sobre Victor Hugo al que él no había podido asistir. Su discurso encendido y sus ideas revolucionarias me agradaban. Fuimos a tomar vino a la plaza de la estación, en el Métropole. En un momento dado le dije de forma indirecta que estaba embarazada, probablemente porque pensé que podría ayudarme. Sabía que pertenecía a una asociación semiclandestina que luchaba por la libertad anticonceptiva y la planificación familiar, y pensé que quizá pudiera ayudarme de alguna manera por ese lado.

Nada más decírselo, vi aparecer en su rostro una expresión de curiosidad y de regocijo, como si estuviera viéndome con las piernas separadas y el sexo abierto. Quizá también le produjera placer mi súbita transformación de buena estudiante a chica en apuros. Quiso saber de quién estaba embarazada y desde cuándo. Era la primera persona a la que le hablaba de mi situación. Aunque por el momento no tuviera ninguna solución que ofrecerme, su curiosidad hizo que, en cierta manera, me sintiera protegida. Me propuso ir a cenar a su casa, en las afueras de Ruan. No me apetecía volver a encontrarme a solas en mi habitación de la residencia universitaria.

Cuando llegamos, su mujer estaba dando de comer a su hijo, sentado en una silla alta. Jean T. le dijo brevemente que yo tenía problemas. Llegó un amigo de ella. Después de acostar al niño, la mujer nos sirvió conejo con espinacas. El color verde de la verdura bajo los trozos de conejo me produjo náuseas. Pensé que, si no abortaba, dentro de un año sería como la mujer de Jean. Nada más acabar de cenar, ella se fue con su amigo a buscar material para la escuela donde trabajaba como maestra. Comencé a fregar los platos con Jean T. Me tomó en sus brazos y me dijo que nos daría tiempo a hacer el amor. Me zafé de él y continué fregando. El niño lloraba en la habitación de al lado, yo tenía ganas de devolver. Jean T. me acosaba por detrás sin dejar de secar los platos. De pronto volvió a adoptar su tono habitual y pretendió haber querido poner a prueba mi fuerza moral. Su mujer regresó. Me propusieron que me quedara a dormir; era tarde y ninguno de los dos se sentía con fuerzas para llevarme a casa. Dormí en un colchón inflable. A la mañana siguiente volví a mi habitación de la ciudad universitaria, de donde había salido la víspera, a primera hora de la tarde, con mis libros y cuadernos. La cama estaba sin deshacer; había transcurrido casi un día entero. Es en este tipo de detalles donde uno puede apreciar cómo el desorden comienza a introducirse en su vida.

No pensaba que Jean T. me hubiera tratado con desprecio. Para él, yo había pasado simplemente de la categoría de las chicas de las que no se sabe si aceptan acostarse o no a la de las chicas que, sin duda, ya se han acostado. En una época en la que la distinción entre ambas categorías era importantísima y condicionaba la actitud de los chicos hacia las chicas, Jean T. se mostraba, sobre todo, muy pragmático: tenía la seguridad de que no me dejaría embarazada, puesto que ya lo estaba. Era un episodio desagradable, pero, comparado con la situación en la que me encontraba, carecía de importancia. Jean T. me había prometido que me conseguiría la dirección de un médico y yo no conocía a nadie más que pudiera hacerlo.

Al cabo de dos días volví a verlo en su despacho y me llevó a comer a una cervecería que se encontraba en el muelle, cerca de la estación de autobuses, en un barrio destruido durante la guerra y que posteriormente se reconstruyó con hormigón. Yo nunca iba por allí. Comenzaba a deambular, a salirme del espacio y de los lugares a los que iba habitualmente, siempre a las mismas horas, con los otros estudiantes. Jean T. pidió unos sándwiches. Su fascinación no disminuía. Me dijo riendo que él mismo podría ponerme una sonda con unos amigos. No estoy muy segura de que bromeara. Después habló del matrimonio B., me contó que ella había abortado dos o tres años antes.

«Estuvo a punto de morirse, por cierto.» No tenía la dirección de los B. Pero yo podría ponerme en contacto con L.B. en el periódico en el que trabajaba como redactora. Yo la conocía de vista, porque ambas habíamos asistido al mismo curso de filología. Era una chica bajita y morena, con unas gafas gruesas y aspecto severo. Recuerdo que en una ocasión un profesor la elogió vivamente tras la exposición que había hecho en clase. Que una chica como ella hubiera abortado me tranquilizaba.

Cuando se acabó los sándwiches, Jean T. se recostó en la silla y me dijo sonriendo: «No hay nada como comer». Yo sentía náuseas y me encontraba sola. Empecé a comprender que Jean T. no tenía ningunas ganas de implicarse demasiado en el asunto. Las chicas que querían abortar no entraban dentro del marco moral fijado por la asociación de planificación familiar a la que él pertenecía. Deseaba permanecer en primera fila y no perderse la continuación de la historia. O sea, que quería verlo todo sin tener que pagar nada: me había advertido que, como miembro de una asociación que defendía la maternidad deseada, «moralmente» no podía prestarme dinero para abortar de forma clandestina. (Aparece escrito en mi agenda: «Comida con T en el muelle. Los problemas se acumulan».)

Comencé la búsqueda. Tenía que encontrar a L.B. Su marido, al que yo había visto a menudo en el comedor universitario repartiendo octavillas, parecía haberse esfumado. Me dedicaba a ir de sala en sala mañana y tarde. Me apostaba en el vestíbulo, frente a la puerta.

Esperé a L.B. durante dos noches seguidas delante del edificio del *Paris-Normandie*. No me atrevía a entrar y preguntar si había llegado ya. Temí que alguien pudiera pensar que mi comportamiento era sospechoso, y sobre todo no quería molestar a L.B. en su lugar de trabajo por algo por lo que había estado a punto de morir. La segunda noche llovió. Estaba sola en la calle, debajo de mi paraguas, leyendo de forma mecánica las hojas del periódico colgado con chinchetas en el panel enrejado, y mirando alternativamente a un extremo y al otro de la Rue de l'Hôpital. L.B. se encontraba en algún lugar de Ruan. Era la única mujer que podía salvarme y no aparecía. De regreso a la residencia universitaria escribí en mi agenda: «He estado esperando una vez más a L.B. En esta ocasión bajo la lluvia. Estoy desesperada. Necesito que esta cosa se vaya».

No tenía ningún indicio, ninguna pista.

Aunque había muchas novelas en las que aparecían mujeres que abortaban, en ellas no se daba ningún detalle sobre la manera en que lo hacían. Entre el momento en que la chica descubría que estaba embarazada y el momento en que dejaba de estarlo había una elipsis. Busqué en el fichero de la biblioteca la palabra «aborto». Las únicas referencias que encontré pertenecían a revistas médicas. Saqué dos, *Archives médico-chirurgicales* y *Revue d'immunologie*. Esperaba hallar informaciones prácticas, pero los artículos solo hablaban de las consecuencias del «aborto criminal», que no me interesaban en absoluto.

(Los nombres y las signaturas, *Per m 484, nº 5 y 6. Norm. Mm 1065*, figuran en las guardas de mi agenda de aquella época. Miro esas huellas garabateadas con bolígrafo azul con una sensación de extrañeza y de fascinación, como si estas pruebas materiales detentaran, de forma opaca e indestructible, una realidad que ni la memoria ni la escritura, a causa de su inestabilidad, me permiten alcanzar.)

Una tarde salí de la residencia decidida a encontrar un médico que aceptara ayudarme a abortar. Ese ser tenía que existir en algún lugar. Ruan se había convertido en un bosque de piedras grises. Escrutaba las placas doradas y me preguntaba quién se encontraría detrás. No me decidía a llamar al timbre. Esperaba una señal.

Me dirigí hacia Martainville imaginándome que en ese barrio pobre, con algunas chabolas, los médicos serían un poco más comprensivos.

Brillaba un pálido sol de noviembre. Caminaba con el estribillo de una canción que estaba muy de moda entonces y que no se me iba de la cabeza: «*Dominique nique nique*». La cantaba una monja dominica, sor Sonrisa, acompañándose de la guitarra. La letra era edificante e ingenua —sor Sonrisa no conocía el significado de *niquer* (joder)—, pero la música era alegre y saltarina. Me animaba mientras buscaba. Llegué a la Place Saint-Marc: los puestos del mercado estaban recogidos. Vi el almacén de muebles Froger, al que, de niña, había ido con mi madre para comprar un armario. Había dejado de mirar las placas de las puertas, ahora vagabundeaba sin rumbo.

(Hace unos diez años leí en *Le Monde* que sor Sonrisa se había suicidado. El periódico contaba que, después del enorme éxito de *Dominique,* había conocido toda suerte de sinsabores dentro de su orden religiosa. Colgó los hábitos y se fue a vivir con una mujer. Poco a poco había dejado de cantar y había ido cayendo en el olvido. Acabó dándose a la bebida. Ese resumen de su vida me turbó. Me pareció que aquella mujer que había roto con la sociedad, que había colgado los hábitos, aquella mujer más o menos lesbiana y alcohólica, que no sabía qué sería de ella, fue la que me acompañó por Martainville cuando yo me encontraba sola y perdida. Habíamos estado unidas por el mismo desamparo, aunque desfasado en el tiempo. Y aquella tarde yo había sacado fuerzas para vivir de la canción de una mujer que más tarde no podría ni con su propia vida. Deseé violentamente que, a pesar de todo, hubiera conseguido ser un poco feliz y que, en las noches de borrachera, conociendo ya el sentido de la palabra *niquer,* se hubiera dado el gusto de pensar que al final había conseguido joder a base de bien a las buenas hermanas de la orden.

Sor Sonrisa forma parte de esas mujeres a las que nunca conocí y con las que, vivas o muertas, reales o ficticias, y a pesar de todas las diferencias, siento que tengo algo en común. Son artistas, escritoras, heroínas y mujeres de mi infancia que componen una cadena invisible dentro de mí. Tengo la impresión de que mi historia es la de ellas.)

Como la mayoría de las consultas médicas de los años sesenta, la del médico internista del Boulevard de l'Yser, cercana a la Place Beauvoisine, parecía un salón burgués, con alfombras, una biblioteca acristalada y un escritorio de estilo. Me resulta imposible explicar por qué me decidí al final por aquel bonito barrio en el que vivía un diputado de derechas, André Marie. Se había hecho de noche y probablemente no quise volver a mi habitación sin haber intentado nada. Me recibió un médico más bien mayor. Le dije que estaba cansada y que no me bajaba la regla. Después de explorarme con un dedil de goma me dijo que seguramente estaba embarazada. No me atreví a pedirle que me ayudara a abortar, solo le supliqué que hiciera cualquier cosa para que me volviera la regla. No me respondió y, sin mirarme, lanzó la diatriba habitual contra los hombres que abandonan a las mujeres después de haber satisfecho su capricho. Me prescribió ampollas de calcio e inyecciones de estradiol. Solo se ablandó al final, cuando le dije que era estudiante y me preguntó si conocía a Philippe D., hijo de un amigo suyo. Sí, le conocía. Era un chico moreno y con gafas que había estado conmigo en clase de latín durante el primer año de facultad y que al año siguiente se había ido a Caen. Era el típico católico chapado a la antigua. Recuerdo haber pensado que nunca podría quedarme embarazada de un chico así. «Es un chico muy amable, ¿no te parece?», me preguntó sonriendo, y pareció feliz ante mi aprobación. Había olvidado el motivo de mi presencia allí. Cuando me acompañó a la puerta, pareció aliviado. No me dijo que volviera.

Las chicas como yo estropeábamos el día a los médicos. Sin dinero y sin relaciones —de lo contrario no hubiéramos ido a parar a ciegas a sus consultas— les obligábamos a recordar la ley que podía llevarles a la cárcel y prohibirles para siempre el ejercicio de su profesión. No se atrevían a decir la verdad: que no iban a arriesgarse a perderlo todo por la cara bonita de una señorita lo bastante estúpida como para haberse dejado preñar. Aunque quizás hubiera algunos que sinceramente preferirían morir antes que transgredir una ley que dejaba morir a las mujeres. Pero todos debían de pensar que, aunque se nos impidiera abortar, encontraríamos al final una forma de hacerlo. Frente a la perspectiva de una carrera truncada, la imagen de una aguja de hacer punto dentro de una vagina carecía de peso para ellos.

He tenido que hacer un esfuerzo para dejar a un lado el sol invernal de la Place Saint-Marc de Ruan, la canción de sor Sonrisa e incluso la silenciosa consulta del doctor cuyo nombre he olvidado, en el Boulevard de l'Yser. He tenido que hacer un esfuerzo para escapar del estancamiento de las imágenes y tratar de comprender la ley, esa realidad invisible, abstracta y ausente del recuerdo, que, sin embargo, me impelía a salir a la calle en busca de un médico improbable.

Estaba por todas partes. En los eufemismos y las lítotes de mi agenda, en los ojos saltones de Jean T., en los matrimonios forzados, en el filme *Los paraguas de Cherburgo,* en la vergüenza de las mujeres que abortaban y en la reprobación de las otras. En la imposibilidad absoluta de imaginar que un día las mujeres pudieran decidir abortar libremente. Y, como de costumbre, era imposible determinar si el aborto estaba prohibido porque estaba mal, o si estaba mal porque estaba prohibido. Se juzgaba con relación a la ley, no se juzgaba la ley.

No creía que las inyecciones del médico fueran a surtir efecto, pero quería probarlo todo. Por temor a que la enfermera del Crous sospechara algo, le pedí a una estudiante de medicina que veía a menudo en el comedor universitario que me las pusiera. Esa misma noche me envió a una compañera suya a la habitación: una rubia muy mona y natural. Al verla, me di cuenta de que estaba convirtiéndome en una desgraciada. Me puso la inyección sin hacerme una sola pregunta. Al día siguiente, como ninguna de las dos estudiantes se encontraba disponible, me senté en la cama y yo misma me puse la inyección en el muslo, cerrando los ojos. (En la agenda aparece escrito: «Dos inyecciones y ningún efecto».) Más tarde me enteraría de que el médico del Boulevard de l'Yser me había prescrito un medicamento para evitar los abortos naturales.

(Me doy cuenta de que el relato me arrastra e impone, sin darme cuenta, un sentido: el de la desgracia que se ha puesto en marcha de forma ineluctable. Me obligo a resistirme al deseo de recorrer rápidamente los días y las semanas, e intento conservar por todos los medios —buscando y anotando los detalles, empleando el pretérito imperfecto y analizando los hechos— la interminable lentitud de un tiempo que se espesaba sin avanzar, como el de los sueños.)

Continuaba yendo a clase y a la biblioteca. Ese verano había elegido con mucho entusiasmo un tema para mi tesina: la mujer en el surrealismo. Pero en ese momento me parecía tan poco interesante como la coordinación en el francés antiguo o las metáforas en la obra de Chateaubriand. Leía con indiferencia los textos de Éluard, de Breton y de Aragon, en los que celebraban a mujeres abstractas, mediadoras entre el hombre y el cosmos. Anotaba, tomadas de aquí y allá, algunas frases relacionadas con el tema. Pero no sabía qué hacer con las notas que iba tomando y me sentía incapaz de entregarle al profesor el proyecto y el primer capítulo, que ya me había pedido. Me sentía incapaz de relacionar los datos e integrarlos dentro de una estructura coherente.

Desde la época en que estudiaba secundaria había demostrado ser capaz de manejar con bastante soltura los conceptos. Y, aunque me daba cuenta de la artificialidad de las disertaciones y de otros trabajos universitarios, me sentía en cierto modo orgullosa de mi habilidad a la hora de hacerlos, y me parecía que era el precio que tenía que pagar para llegar a «pertenecer al mundo de los libros», como decían mis padres, y consagrarles mi porvenir.

Por entonces, el «cielo de las ideas» se había convertido en algo inaccesible, me arrastraba por debajo de él con el cuerpo inmerso en la náusea. Tan pronto pensaba que en cuanto me viera liberada de mi problema volvería a ser capaz de reflexionar, como me parecía que la experiencia intelectual era una construcción ficticia que ya no alcanzaría jamás. En cierta forma, mi incapacidad para redactar la tesina me resultaba más terrible que mi necesidad de abortar. Era una clara señal de mi invisible decadencia. (En mi agenda aparece lo siguiente: «He dejado de escribir, he dejado de trabajar. ¿Cómo saldré de esto?».) Había dejado de ser una «intelectual». No sé si se trata de un sentimiento generalizado, pero puedo decir que produce un sufrimiento indecible.

(Con frecuencia sigo teniendo la sensación de no poder ir lo suficientemente lejos en la exploración de las cosas, como si me retuviera algo muy antiguo, algo vinculado al mundo de los trabajadores manuales del que provengo —siempre temerosos de todo lo que pudiera causar «quebraderos de cabeza»—, o algo vinculado a mi cuerpo, a ese recuerdo inscrito en mi cuerpo.)

Cada mañana, nada más despertarme, pensaba que las náuseas habían desaparecido, pero en ese mismo instante las sentía llegar como una oleada insidiosa. El deseo y el asco por la comida no me abandonaban. Un día vi unas salchichas en el escaparate de una charcutería. Entré para comprarme una y la devoré acto seguido en la calle. En otra ocasión supliqué a un camarero que me diera un zumo de uva. Me apetecía tanto que hubiera hecho cualquier cosa por conseguirlo. Algunos alimentos me repugnaban nada más verlos; otros, agradables a la vista, se deshacían en mi boca revelando su futura putrefacción.

Una mañana, mientras esperaba con otros estudiantes a que se acabara una clase para entrar en el aula, las figuras ante mis ojos se desvanecieron bruscamente y se convirtieron en puntos brillantes. Tuve el tiempo justo para sentarme en los peldaños de la escalera.

Anotaba en la agenda: «Mareos constantes», «A las once, náuseas en la B.M. (Biblioteca Municipal)», «Sigo enferma».

Durante mi primer año de facultad, algunos chicos me habían hecho soñar sin que ellos lo supieran. Los acosaba, me sentaba cerca de ellos en el anfiteatro, sabía a qué hora iban al comedor universitario o a la biblioteca. Me parecía que aquellos romances imaginarios pertenecían a un tiempo ya muy lejano, carente de preocupaciones, casi a la infancia.

En una foto del mes de septiembre del año anterior aparezco sentada, con el pelo por los hombros, muy bronceada, con un pañuelo en el cuello y una escotada camisa de rayas, sonriente, *vivaracha*. Cada vez que la miraba, pensaba que era la última foto de mi juventud, cuando me movía en el orden invisible y perpetuamente presente de la seducción.

Durante una velada en la Faluche, adonde había ido con unas chicas de la residencia universitaria, me excité con un chico rubio y dulce con quien estuve bailando todo el tiempo. Era la primera vez que me ocurría desde que sabía que estaba embarazada. No había ningún impedimento para que mi sexo se tensara y se abriera, ni siquiera el hecho de que ya hubiera en mi vientre un embrión que recibiría sin protestar un chorro de esperma desconocido. Sin embargo, en la agenda aparece escrito: «He bailado con un chico muy romántico, *pero he sido incapaz* de hacer nada».

Todas las conversaciones me parecían pueriles o fútiles. La costumbre de algunas chicas de contar su vida cotidiana con todo lujo de detalles me resultaba insoportable. Una mañana se sentó a mi lado en la biblioteca una chica de Montpellier con quien había asistido a clases de filología. Me des-

cribió con todo lujo de detalles su nuevo apartamento de la Rue Saint-Maur, a su casera, la ropa
blanca puesta a secar en la entrada, su trabajo de
profesora particular en la Rue Beauvoisine, etcétera. Aquella minuciosa y alegre descripción de su
universo me pareció exagerada y obscena. Si puedo recordar todas las cosas que aquella chica me
contó aquel día con su acento del sur, probablemente se deba a su propia insignificancia, que para
mí tenía entonces un significado terrorífico, el
de mi exclusión del mundo normal.

(Desde que he comenzado a escribir sobre aquel
acontecimiento, intento recordar los rostros y los
nombres de los estudiantes entre los que me movía y a quienes, salvo a dos o tres, no he vuelto a
ver desde que me fui de Ruan, al año siguiente.
A medida que van surgiendo del olvido, vuelven
a colocarse de forma espontánea en los lugares
donde me cruzaba con ellos habitualmente: la
Facultad de Letras, el comedor universitario, la Faluche, la Biblioteca Municipal o el andén de la estación, donde se aglutinaban el viernes por la tarde

para esperar el tren que los llevaría a casa de sus padres. Me encuentro atrapada en medio de una resucitada muchedumbre de estudiantes. Esta muchedumbre es la que me devuelve, más que mis recuerdos personales, a cuando tenía veintitrés años, y gracias a ella comprendo hasta qué punto estaba inmersa en el medio estudiantil. Esos nombres y rostros me dan la clave de mi desasosiego: en relación con ellos, me había convertido interiormente en una delincuente.

Me prohíbo escribir aquí sus nombres, porque no son personajes ficticios, sino seres reales. Sin embargo, no consigo imaginármelos existiendo en algún lugar. En cierta medida, probablemente tengo razón: ahora su forma de vivir —sus cuerpos, sus ideas, sus cuentas bancarias— es completamente diferente a como vivíamos en los años sesenta, la que tengo ante mis ojos mientras escribo. Cuando me entran deseos de buscar esos nombres en el anuario del Minitel, me doy cuenta enseguida de mi error.)

Los sábados volvía a casa de mis padres. No me costaba nada disimular mi situación ante ellos, pues era algo que venía haciendo desde mi adolescencia. Mi madre pertenecía a la generación de antes de la guerra, la del pecado y la vergüenza sexual. Estaba segura de que sus creencias eran intangibles, y mi capacidad para soportarlas solo era comparable a la suya para persuadirse de que yo las compartía. Como la mayoría de los padres, los míos se imaginaban que podían detectar de forma infalible a primera vista la más mínima señal de descarrío. Para tranquilizarlos, bastaba con ir a verlos regularmente (con una sonrisa en los labios y la cara lavada), llevarles la ropa sucia e irse de allí cargada de provisiones.

Un lunes me traje de casa de mis padres un par de agujas de hacer punto que me había comprado un verano para hacerme una chaqueta que se quedó a medias. Eran unas agujas grandes, de color azul eléctrico. No me quedaba otra solución. Había decidido hacerlo sola.

La noche anterior fui a ver *Mein Kampf* con unas chicas de la residencia universitaria. Estaba muy nerviosa y no dejaba de pensar en lo que iba a hacer al día siguiente. Sin embargo, la película me enfrentaba a una evidencia: el sufrimiento que iba a infligirme a mí misma no era nada en comparación con el que habían padecido en los campos de exterminio. Eso me daba valor y determinación. También me ayudaba el hecho de saber que lo que me disponía a llevar a cabo ya lo habían hecho muchas mujeres antes que yo.

A la mañana siguiente me tumbé en la cama y deslicé con precaución la aguja de hacer punto dentro de mi sexo. Buscaba a tientas, sin encontrarlo, el cuello del útero y no podía evitar detenerme en cuanto notaba dolor. Me di cuenta de que no conseguiría hacerlo sola. Me sentía desesperada por mi impotencia. No estaba a la altura. «Nada. Imposible. Lloro. Estoy harta.»

(Es posible que un relato como este provoque irritación o repulsión, o que sea tachado de mal gusto. El hecho de haber vivido algo, sea lo que sea, otorga el derecho imprescriptible de escribir sobre ello. No existe una verdad inferior. Y si no cuento esta experiencia hasta el final, contribuiré a oscurecer la realidad de las mujeres y me pondré del lado de la dominación masculina del mundo.)

Después de mi infructuoso intento, llamé por teléfono al doctor N. Le dije que no quería «tenerlo» y que yo misma me había lesionado. No era verdad, pero quería que supiera que estaba dispuesta a todo. Me dijo que fuera de inmediato a su consulta. Creí que iba a hacer algo por mí. Me recibió silenciosamente, con una expresión grave en el rostro. Después de explorarme me dijo que todo iba bien. Me eché a llorar. Él estaba postrado en su escritorio, con la cabeza gacha: parecía muy turbado. Pensé que estaba luchando consigo mismo y que iba a ceder. Al final levantó la cabeza y dijo: «No quiero saber adónde va a ir. Pero vaya a donde vaya, tendrá que tomar penicilina ocho días antes y ocho días después. Le extenderé una receta».

Al salir de la consulta me enojé conmigo misma por haber echado a perder mi última posibilidad. No había sabido jugar a fondo el juego que exigía el hecho de burlar la ley. Hubiera bastado con un suplemento de lágrimas y súplicas, con una mejor representación de la realidad de mi desasosiego, para que él accediera a mi deseo de abortar. (Al menos así lo creí durante mucho tiempo. Sin razón, quizá. Solo él podría decirlo.) Por lo menos trató de evitar que yo muriera de una septicemia.

Ni él ni yo pronunciamos la palabra aborto ni una sola vez. Era algo que no tenía cabida dentro del lenguaje.

(Ayer por la noche soñé que me encontraba en la situación de 1963 y que buscaba una forma de abortar. Al despertarme, pensé que el sueño me había devuelto exactamente al momento de postración e impotencia en el que entonces me encontraba. El libro que estoy escribiendo me pareció de pronto un intento desesperado. De la misma manera que cuando alcanzamos el orgasmo tenemos, como en un *flash,* la impresión de que «todo está ahí», el recuerdo de mi sueño me persuadía de que había obtenido sin esfuerzo lo que de forma infructuosa intentaba encontrar con las palabras —lo cual hacía que fuera inútil mi intento de escribir sobre ello.

Pero en este momento, en el que ya ha desaparecido la sensación que he tenido al despertarme, la escritura vuelve a ser una necesidad. (Una necesidad todavía más fuerte al estar justificada por el sueño.)

Las dos chicas a las que consideraba mis amigas en la residencia se habían marchado. Una se encontraba en el sanatorio para estudiantes de Saint-Hilaire-du-Touvet, y la otra estaba preparando un diploma de psicología escolar en París. Les había escrito para decirles que estaba embarazada y que quería abortar. No me juzgaban, pero parecían asustadas. No era precisamente el miedo de los demás lo que yo necesitaba, y, además, no podían hacer nada por mí.

Conocía a O. desde el primer año de facultad, su habitación estaba en el mismo piso que la mía, salíamos a menudo juntas, pero no la consideraba una amiga. En el cotilleo que caracteriza a menudo, sin afectarlas ni envenenarlas, las relaciones entre chicas, me unía a la opinión de quienes la juzgaban pesada y pegajosa. Sabía de su avidez por conocer secretos que le sirvieran de tesoros para poder ofrecérselos a las demás y que la convirtieran, durante una hora, en más interesante que pegajosa. En fin, siendo una burguesa católica que respetaba las enseñanzas del Papa sobre la contracepción, debería haber sido la última a quien yo me confiara. Sin embargo, fue mi confidente desde diciembre hasta el final. Constato lo siguiente: el deseo que me empujaba a contar mi situación no tenía en cuenta las ideas ni los posibles juicios de aquellos a quienes me confiaba. En la impotencia en la que me encontraba era un acto por medio del cual intentaba arrastrar al interlocutor a una visión alarmante de la realidad.

Apenas conocía a André X., un estudiante universitario de primer curso cuya especialidad consistía en contar con tono frío unas historias horribles sacadas del semanario *Hara-Kiri*. Durante una conversación en un café, le dije que estaba embarazada y que iba a hacer todo lo posible por abortar. Se quedó petrificado y me miró fijamente con sus ojos castaños. Después intentó convencerme de que siguiera la «ley natural», de que no cometiera lo que para él era un crimen. Permanecimos sentados mucho tiempo en aquella mesa del Métropole, cerca de la puerta que daba a la calle. No conseguía separarse de mí. Detrás de su obstinación en querer que renunciase a mi proyecto, percibía una intensa turbación, una fascinación mezclada con el horror. Mi deseo de abortar suscitaba una especie de atracción. En el fondo, para O., André y Jean T., mi aborto era una historia cuyo final no conocían.

(Dudo al escribir: vuelvo a ver el Métropole y la mesita en la que estábamos, cerca de la puerta que daba a la Rue Verte, al impasible camarero a quien yo llamaba Jules y al que había identificado con el de *El ser y la nada*, que en realidad no es un camarero de un café pero hace como si lo fuera, etcétera. Ver con la imaginación o volver a ver por medio de la memoria es el patrimonio de la escritura. Pero «vuelvo a ver» sirve para hacer constar por escrito el momento en que tengo la sensación de haberme reunido con la otra vida, la vida pasada y perdida; una sensación que la expresión:

«es como si todavía estuviera ahí» traduce de una forma muy exacta.)

El único que no parecía interesarse por mi situación era el chico de quien estaba embarazada. Me mandaba desde Burdeos cartas espaciadas en las que mencionaba de forma alusiva las dificultades para encontrar una solución. (En la agenda aparece: «Me deja que me las arregle sola».) Yo tendría que haber llegado a la conclusión de que ya no sentía nada por mí y que no tenía más que un deseo: volver a ser el que era antes de esa historia, el estudiante preocupado tan solo por sus exámenes y su porvenir. Pero, aunque seguramente presentía todo aquello, no tenía fuerzas suficientes para romper, para añadir a la búsqueda desesperada de una forma de abortar el vacío de una separación. Me ocultaba la realidad de forma *consciente*. Y si el hecho de ver en los cafés a chicos bromeando y riendo ruidosamente me atormentaba —en ese mismo momento él probablemente estaría haciendo lo mismo—, a la vez me daba fuerzas para continuar turbando su tranquilidad. En octubre habíamos previsto que pasaríamos juntos las vacaciones de Navidad, iríamos a la nieve con una pareja amiga. Por mi parte, no tenía ninguna intención de modificar el proyecto.

Estábamos a mitad de diciembre.

Mis nalgas y mi pecho tensaban los vestidos. Me sentía pesada, pero las náuseas habían desaparecido. A veces olvidaba que estaba embarazada de dos meses. Seguramente debido a esa sensación de desaparición del porvenir por medio de la cual el espíritu adormece la angustia del vencimiento del plazo, que se sabe sin embargo inevitable, algunas chicas dejaban pasar las semanas y los meses hasta que llegaban al final de su embarazo. Tumbada en la cama, con el sol invernal entrando por la ventana, escuchaba los *Conciertos de Brandeburgo* exactamente igual que el año anterior. Tenía la impresión de que en mi vida no había cambiado nada.

En mi diario aparece: «para mí, el hecho de estar embarazada es algo abstracto», «Sin embargo, me toco el vientre y está aquí. No es algo imaginario. Si dejo que el tiempo actúe, el próximo mes de julio sacarán un niño de dentro de mí. Pero no lo siento».

Unos diez días antes de Navidad, cuando ya no me lo esperaba, L.B. llamó a la puerta de mi habitación. Se había encontrado con Jean T. en la calle y este le había dicho que yo quería verla. Seguía llevando las mismas gafas gruesas con montura negra. Resultaban intimidantes. Me sonrió. Nos sentamos en la cama. Me dio la dirección de la mujer a la que ella había acudido, una enfermera de cierta edad que trabajaba en una clínica, la señora P.-R. Vivía en el callejón sin salida Cardinet, en el distrito XVII de París. Debí de reírme al oír las palabras «callejón sin salida», que eran el colofón del personaje novelesco y sórdido de la abortera. L.B. me explicó que el callejón sin salida Cardinet daba a la Rue Cardinet. No conocía París, el nombre de esa calle solo me hacía pensar en una joyería, el Establecimiento Cardinet, cuya publicidad oíamos todos los días por la radio. L.B. me expuso con tranquilidad, incluso con alegría, la forma de proceder de la señora P.-R: con la ayuda de un espéculo te introducía una sonda en el cuello del útero. Después solo había que esperar a que se produjera el aborto. Era una mujer seria y limpia que hervía todos sus instrumentos. Pero no todos los microbios desaparecían con el hervor, ya que la propia L.B. se había infectado con una septicemia. Para que eso no me ocurriera, debía conseguir que, con cualquier pretexto, un médico internista me prescribiera enseguida unos antibióticos. Le dije que ya tenía una receta de penicilina. Todo parecía muy sencillo y tranquilizador; después de todo, L.B. estaba delante de mí y había salido de todo aquello. La señora P.-R. cobraba cuatrocientos francos.* L.B. me propuso de forma espontánea adelantármelos. Una dirección y dinero: era todo lo que yo necesitaba en aquel momento.

(Me limito a designar con sus iniciales a la primera mujer que me ayudó, la primera de esas mujeres cuyo saber, gestos y eficaces decisiones me ayudaron a superar, *lo mejor posible*, la prueba. Me gustaría poder escribir aquí su apellido y el bello y simbólico nombre que le pusieron sus padres, unos refugiados de la España franquista. Pero la

* Alrededor de unos seis mil francos de 1999.

razón que me empuja a hacerlo —la existencia real de L.B., cuya valentía me gustaría desvelar ante los ojos de todos— es precisamente la misma que me impide hacerlo. No tengo derecho a exponer en el espacio público de un libro a L.B., una mujer real y viva —como acaba de confirmarme el anuario—, que podría decirme, cargada de razón, que ella «no me ha pedido nada».

El domingo pasado, al volver de la costa normanda, me desvié a Ruan. Caminé por la Rue du Gros-Horloge hasta la catedral. Me senté en la terraza de un café en el Espace du Palais, el centro comercial construido recientemente. Debido a este libro que estoy escribiendo, pensaba sin cesar en los años sesenta, pero en el centro de la ciudad, revocada y coloreada, no había nada que me los recordara. Solo podía acceder a aquellos años haciendo un difícil esfuerzo de abstracción, despojando a la ciudad de sus colores, devolviendo a los muros su tono sombrío y austero y a las calles peatonales sus coches.

Escrutaba a los transeúntes. Entre ellos tal vez se encontrara, como en esas ilustraciones en las que hay que descubrir los diferentes personajes que se esconden entre sus líneas, alguno de los antiguos estudiantes de 1963, a quienes vuelvo a ver con mucha claridad mientras escribo, y que ahora se han vuelto invisibles a mis ojos. En una mesa cercana a la mía había una hermosa y joven morena, con la piel mate y la boca pequeña y gruesa, que me recordó a L.B. Me hizo ilusión pensar que pudiera ser su hija.)

Gastarme parte del dinero que necesitaba para pagar el aborto en ir al Macizo Central y visitar a P., sabiendo como sabía que él no tenía ganas de volver a verme, no era nada razonable. Pero yo no había ido a esquiar nunca y necesitaba tomarme un respiro antes de dirigirme al callejón sin salida Cardinet, en el distrito XVII.

Miro en la guía Michelin un plano del Mont-Dore. Leo los nombres de las calles, Meynadier, Sidoine-Apollinaire, Montlosier, Rue du Capitaine-Chazotte, Place du Panthéon, etcétera; descubro que el río Dordoña atraviesa la ciudad y que hay un establecimiento termal. Y es como si nunca hubiera estado allí.

En mi agenda aparece escrito: «bailamos en el Casino», «vamos a La Tannerie», «ayer por la noche fuimos a la Grange». Pero no consigo acordarme de nada, solo de la nieve, del café lleno de gente donde nos sentábamos a última hora de la tarde y de la gramola en la que ponían *Si yo tuviera un martillo*.

Recuerdo también escenas de enfados y lágrimas, pero no me acuerdo de lo que nos dijimos. Me resulta difícil determinar qué significaba P. para mí en aquellos momentos, lo que quería de él. Quizá quería que reconociera como un sacrificio, o como una «prueba de amor», el que yo fuera a abortar, cuando, sin embargo, era algo que yo había decidido movida por mi deseo y mis intereses.

Annick y Gontran, los estudiantes de derecho con los que fuimos a esquiar, no sabían que yo estaba embarazada y que quería abortar. P. pensaba que era mejor no decírselo. Los consideraba demasiado burgueses y conformistas para contárselo, estaban prometidos y no se acostaban juntos. P. deseaba por encima de todo no echar a perder las vacaciones con el asunto. Se entristecía en cuanto yo abordaba el tema. Me dijo que en Burdeos no había encontrado ninguna solución. Yo pensé que seguramente ni siquiera la había buscado.

La pareja, que no tenía problemas de dinero, se alojaba en un hotel viejo y elegante; y P. y yo, en una pensión. Hacíamos poco el amor y con prisas, sin sacar partido de la ventaja que nos procuraba mi estado —el mal ya estaba hecho—, de la misma manera que el parado no aprovecha el tiempo y la libertad que le proporciona el hecho de no tener trabajo; o el enfermo desahuciado no aprovecha el permiso para comer y beber de todo.

Las conversaciones del grupo se caracterizaban por un ligero tono de guasa, apenas roto por algún incidente sin importancia, o algún comentario agresivo, que enseguida sofrenábamos movidos por un deseo de avenencia. Todos ellos habían trabajado mucho a lo largo del trimestre y habían entregado a tiempo sus trabajos, y ahora se abandonaban a la despreocupación con la resolución de los buenos estudiantes que saben que han cumplido con su deber. Querían bromear, bailar, ver *Gángster a la fuerza*. Sin embargo, mi única ocupación durante el trimestre había sido buscar una forma de abortar, y, aunque trataba de estar a tono con el buen humor general, no lo conseguía. Yo era una chica que se limitaba a seguirlos.

Solo me interesaban las actividades físicas. Deseaba que al hacer un esfuerzo intenso o caerme «aquello» se soltara, para, de ese modo, no tener que ir a ver a la mujer del distrito XVII. Cuando Annick me prestaba sus esquís y sus botas (yo no tenía dinero suficiente para alquilarlos), me dejaba caer al suelo sin disimulo, creyendo estar infligiéndole al feto la sacudida que me libraría de él. Un día que P. y Annick se negaron a seguir subiendo continué la ascensión del Puy Jumel acompañada solo de Gontran, con mis anchas botas de falso cuero, en las que se me metía toda la nieve. Avanzaba con los ojos fijos en la pendiente, deslumbrada por el brillo de la nieve, levantando las botas cada vez con mayor dificultad y deseando una única cosa, librarme del embrión. Estaba convencida de que tenía que alcanzar la cúspide y llegar al límite de mis fuerzas para quitármelo de encima. Me extenuaba para matarlo en mi interior.

Cada vez que pienso en la semana que pasé en Mont-Dore, veo una deslumbrante extensión de sol y de nieve que conduce a las tinieblas del mes de enero. Probablemente existe una memoria primitiva que hace que nos representemos la vida pasada bajo las formas elementales de la sombra y la luz, del día y la noche.

(Siempre que escribo me planteo la cuestión de las pruebas: aparte del diario y de la agenda que escribía en aquella época, no dispongo de ninguna otra certeza en lo que se refiere a mis sentimientos y a mis pensamientos de entonces, debido a la inmaterialidad y a la evanescencia de todo aquello que atraviesa la mente.

Solo el recuerdo de las sensaciones que experimentaba ante seres y cosas externos a mí —la nieve del Puy Jumel, los ojos asombrados de Jean T., la canción de sor Sonrisa— puede suministrarme la prueba de esa realidad. La única y auténtica memoria es material.)

El 31 de diciembre me fui de Mont-Dore en el coche de una familia que había aceptado llevarme a París. Yo no participaba en la conversación. En un momento dado, la mujer dijo que la chica que vivía en la buhardilla de su casa había abortado, «estuvo gimiendo toda la noche». Lo único que recuerdo de aquel viaje es la lluvia y aquella frase. Una más de aquellas frases más o menos anónimas que, unas veces terribles y otras veces reconfortantes, me fueron acompañando hasta el momento de pasar por ello.

(Me parece que la razón por la que he comenzado a escribir este relato ha sido para llegar a las imágenes de aquel mes de enero de 1964 en el distrito XVII, de la misma manera que a los quince años solo vivía para alcanzar una o dos imágenes de mí misma que aún estaban por llegar: yo viajando a un país lejano y yo haciendo el amor. Todavía no sé qué palabras utilizaré para escribir sobre todo aquello. No sé qué me deparará la escritura. Me gustaría retrasar ese momento, permanecer todavía a la espera. Quizá tenga miedo de que la escritura disuelva las imágenes, de la misma manera que, tras el orgasmo, desaparecen instantáneamente las imágenes del deseo sexual.)

El miércoles 8 de enero* fui a París a conocer a la mujer que me ayudaría a abortar y a concertar con ella una serie de detalles prácticos: el día, el precio... Para ahorrarme el billete del tren hice autoestop al pie de la cuesta de Sainte-Catherine, la carretera principal que conducía fuera de la ciudad. En mi situación, un peligro más carecía de importancia. Caía aguanieve. Al final paró un coche muy grande. Cuando le pregunté al conductor de qué coche se trataba, me contestó que era un Jaguar. El hombre conducía con las manos enguantadas. No hablaba. Me dejó en Neuilly y tomé el metro. Cuando llegué al distrito XVII, apenas había luz. En la placa de la calle aparecía escrito: PASAJE CARDINET, y no «Callejón sin salida

---

* Para mí, escribir la fecha es una necesidad vinculada a la realidad del acontecimiento. Y es una fecha lo que, en un momento dado, para John Fitzgerald Kennedy —el 22 de noviembre de 1963—, para todo el mundo, separa la vida de la muerte.

Cardinet». Lo interpreté como una buena señal. Respiré aliviada. Llegué al número... Era un inmueble vetusto. La señora P.-R. vivía en el segundo piso.

Millares de chicas han subido alguna vez una escalera parecida a aquella y han llamado a una puerta detrás de la cual había una mujer de la que no sabían nada y a quien iban a confiar su sexo y su vientre. Y la mujer, la única persona capaz de ayudarles en su desgracia, ha abierto la puerta y ha aparecido ante ellas con un delantal, unas zapatillas de lunares y un trapo de cocina en la mano, y les ha preguntado: «¿Quería algo, señorita?».

La señora P.-R. era baja, rechoncha y con gafas. Tenía un moño gris e iba vestida de oscuro. Parecía una mujer mayor de pueblo. Me hizo pasar rápidamente a una cocina estrecha y oscura, y después a un dormitorio un poco más grande, con muebles anticuados. Eran las dos únicas estancias de la casa. Me preguntó cuándo había tenido por última vez la regla. Le respondí que hacía tres meses. Me dijo que era un buen momento para hacerlo. Me pidió que me desabrochara el abrigo. Me palpó el vientre con las dos manos por debajo de la falda y exclamó con una especie de satisfacción: «¡Tiene usted una buena tripa!». Cuando le hablé de mis esfuerzos en la nieve para perder al niño, me contestó encogiéndose de hombros: «¡Así lo único que ha conseguido es que se haga más fuerte todavía!». Hablaba del feto como si este fuera una bestia maligna.

Mientras me encontraba de pie junto a la cama, frente a aquella mujer de tez grisácea que hablaba de forma atropellada, acompañando sus palabras con gestos nerviosos, pensaba: «Es a ella a quien voy a confiar el interior de mi vientre. Es aquí donde va a suceder todo».

Me dijo que volviera el miércoles siguiente, el único día que podía traer un espéculo de la clínica en la que trabajaba. Me pondría una sonda, nada más. No añadiría ni agua jabonosa ni lejía. Me confirmó su tarifa: cuatrocientos francos al contado. Se ocupó del asunto con determinación. Sin familiaridades (no me tuteaba) y discreta (no me hacía ninguna pregunta), fue a lo esencial: fecha de las últimas reglas, precio, técnica utilizada. Que se limitara a las cuestiones materiales tenía algo extraño y tranquilizador. No había lugar ni para los sentimientos ni para la moral. La señora P.-R. debía de saber por experiencia que un discurso limitado a los detalles prácticos evitaba las lágrimas y los desahogos afectivos, que hacían perder el tiempo o cambiar de opinión.

Más tarde, al recordar el rápido parpadeo de sus ojos y su forma de mordisquearse el labio inferior, pensé que había en ella algo de animal acorralado, que ella también tenía miedo. Pero, de la misma forma que yo estaba dispuesta a todo con tal de abortar, ella no se hubiera detenido ante nada a la hora de provocarme el aborto. Lo hacía por dinero, naturalmente, pero quizá también por un deseo de ser útil a las mujeres. O tal vez por la satisfacción secreta de detentar en su apartamento del pasaje Cardinet el mismo poder que los médicos que apenas la saludaban. Ella, que lo único que hacía a lo largo del día era vaciar las cuñas de los enfermos y de las parturientas. Cobraba caro por los riesgos que corría, por un saber hacer que jamás sería reconocido, y por el hecho de que, una vez realizado el aborto, las pacientes solo nos acordaríamos de ella con vergüenza.

Después de mi primera visita al pasaje Cardinet comencé a tomar penicilina, y dentro de mí no hubo sitio más que para el miedo. Veía la cocina y la habitación de la señora P.-R. No quería ni imaginarme lo que iba a hacer conmigo. En el comedor universitario les dije a las chicas que iban a quitarme un grueso lunar que tenía en la espalda y que me daba miedo. Les sorprendió que sintiera tanta angustia por algo aparentemente tan inofensivo. Me aliviaba el hecho de decir que tenía miedo: durante unos segundos podía creer que en lugar de una cocina y de una vieja enfermera me esperaban una sala de operaciones niquelada y un cirujano con guantes de goma.

(Me resulta imposible tratar de sentir ahora lo que debí de experimentar entonces. Solo si tomo al azar, de la cola de un supermercado o de una oficina de correos, a una mujer cualquiera de unos sesenta años de aspecto rudo y antipático, y me imagino que va a hurgar en mi sexo con un objeto desconocido, puedo acercarme fugazmente al estado en el que estuve inmersa durante una semana.)

El miércoles 15 de enero, a primera hora de la tarde, tomé un tren para París. Llegué al distrito XVII, a la cita fijada con la señora P.-R., con una hora de antelación. Vagué por las calles de alrededor del pasaje Cardinet. Era un día templado y húmedo. Entré en la iglesia de Saint-Charles-Borromée y estuve rezando durante mucho tiempo por que no me doliera. Todavía no era la hora. Me tomé un té en un café cercano al pasaje Cardinet. En la mesa vecina a la mía había unos estudiantes, como únicos clientes, jugando a las cartas. El dueño del café bromeaba con ellos. Yo miraba mi reloj una y otra vez. Antes de irme, bajé a los servicios siguiendo la costumbre que me habían inculcado durante mi infancia de tomar precauciones antes de cualquier acontecimiento importante. Me miré en el espejo de encima del lavabo y pensé más o menos lo siguiente: «Todo esto me está ocurriendo a mí» y «No voy a poder soportarlo».

La señora P.-R. lo había preparado todo. Vi que en el fuego había una cacerola de agua hirviendo donde seguramente se encontraban los instrumentos. Me hizo pasar a la habitación, parecía tener prisa por comenzar. Había ampliado la cama con una mesa cubierta con una toalla de color blanco. Me quité las medias y las bragas. Creo que me dejé puesta la falda negra porque era de vuelo. Mientras me quitaba la ropa me preguntó: «¿Sangró usted mucho cuando la desvirgaron?». Me hizo colocar la parte superior del cuerpo encima de la cama, con la cabeza en la almohada, y los riñones y las piernas dobladas encima de la mesa. No paraba de hablar mientras trajinaba y volvió a decirme que solo me introduciría la sonda, nada más. Me citó el caso de una madre de familia a la que habían encontrado muerta la semana anterior. Una mujer la había dejado abandonada sobre la mesa del comedor después de haberle inyectado lejía. Mientras me lo contaba, la señora P.-R. se mostraba muy enfadada, visiblemente indignada por la falta de conciencia profesional. Decía todo aquello para tranquilizarme, pero hubiera preferido que se hubiera callado. Más tarde pensé que había querido demostrar la superioridad de su trabajo.

Se sentó delante de la mesa, al pie de la cama.

Yo veía la ventana con cortinas, las otras ventanas al otro lado de la calle y la cabeza gris de la señora P.-R. entre mis piernas. No podía creerme que estuviera allí. Quizá pensara en las chicas que, en ese mismo momento se inclinaban sobre sus libros en la facultad, o en mi madre canturreando mientras planchaba, o en P. caminando por una calle de Burdeos. Pero no hace falta pensar en las cosas para que las tengamos a nuestro alrededor; quizá fuera el hecho de saber que el curso de la vida continuaba como antes para la mayoría de la gente lo que me hacía repetirme para mis adentros: «¿Qué estoy haciendo aquí?».

He llegado a la escena de la habitación. Excede a cualquier tipo de análisis. Lo único que puedo hacer es sumergirme en ella. Tengo la sensación de que la mujer que se afana entre mis piernas, que me introduce el espéculo, está haciéndome renacer.

En aquel momento maté a mi madre dentro de mí.

Durante años he recordado la habitación y las cortinas tal y como las veía desde la cama en la que estaba tumbada. Quizás ahora sea una estancia clara, con muebles de Ikea, una habitación más dentro de la casa de un joven ejecutivo que ha comprado toda la planta. Pero estoy convencida de que todavía guarda el recuerdo de todas las jóvenes y mujeres que fueron allí para que las traspasaran con una sonda.

Sentí un dolor atroz. La mujer decía: «Deje de gritar, pequeña» y «Tengo que hacer mi trabajo», o quizá fueron otras palabras distintas que solo significaban una cosa, la obligación de ir hasta el final. Son las mismas palabras que he vuelto a encontrar después en los relatos de mujeres que abortaron clandestinamente, como si en esos momentos solo pudieran pronunciarse palabras relacionadas con lo ineludible y, solo a veces, con la compasión.

No sé cuánto tiempo tardó en ponerme la sonda. Yo lloraba. Dejé de sentir dolor para experimentar tan solo una sensación de pesadez en el vientre. La mujer dijo que ya había acabado, que yo no debía tocar nada. Me había puesto un gran pañal de algodón por si perdía agua. Podía ir al retrete tranquilamente, podía caminar. Dentro de uno o dos días aquello se iría, y, si no era así, tendría que llamarla por teléfono. Tomamos un café juntas en la cocina. Ella también se alegraba de haber acabado. No recuerdo en qué momento le di el dinero.

Le preocupaba saber cómo iba a regresar a casa. Se ofreció a acompañarme hasta la estación de Pont-Cardinet, donde tomaría un tren que me llevaría directamente a Saint-Lazare. Deseaba irme sola y no volver a verla nunca más. Pero no quise vejarla rechazando su solicitud. Entonces yo no sospechaba que dicha solicitud venía dictada por el temor de que me encontraran desmayada a la salida de su casa. Se puso un abrigo y se dejó las zapatillas puestas.

Fuera, todo se volvió bruscamente irreal. Caminábamos una junto a la otra por en medio de la calzada dirigiéndonos hacia el final del pasaje Cardinet, que parecía estar cerrado por los muros de dos inmuebles entre los que solo había una rendija por la que pasaba la luz. Era una escena lenta, el día no estaba muy claro. No había nada en mi infancia ni en mi vida de antes que justificara mi presencia allí. Nos cruzamos con algunos transeúntes. Me pareció que me miraban y que, al vernos a las dos, sabían lo que acababa de ocurrir. Me sentía abandonada por todo el mundo, salvo por esa mujer vieja vestida con un abrigo negro que me acompañaba como si fuera mi madre. A la luz de la calle, fuera de su antro, su piel gris me inspiraba auténtica aversión. La mujer que me estaba salvando parecía una bruja o una vieja celestina.

Me dio un billete y esperó conmigo en el andén a que llegara un tren para Saint-Lazare.

(Ya no estoy tan segura de que la mujer saliera en zapatillas a la calle. Pero el hecho de que siempre la haya recordado así, atribuyéndole la costumbre de las mujeres que salen de su casa en zapatillas para ir a comprar cualquier cosa a la tienda de ultramarinos de la esquina, muestra hasta qué punto era para mí una figura del entorno popular del que entonces estaba alejándome.)

Durante el 16 y el 17 de enero estuve esperando las contracciones. Escribí una carta a P. para decirle que no quería volver a verle nunca más, y otra a mis padres en la que les explicaba que no iría a casa a pasar el fin de semana porque iba a ver los *Valses de Viena*. (Por aquel entonces Ruan estaba lleno de carteles anunciando ese espectáculo, que yo utilicé como coartada a sabiendas de que mis padres podrían comprobarlo en el periódico.)

No ocurría nada. No sentía dolores. La noche del viernes 17 llamé a la señora P.-R. desde una oficina de correos cercana a la estación. Me dijo que fuera a verla a la mañana siguiente. En mi diario, donde no había escrito nada desde el 1 de enero, anoté ese mismo viernes 17: «Sigo esperando. Mañana volveré a casa de la abortera, porque no lo ha conseguido».

El sábado 18 tomé a primera hora de la mañana un tren para París. Hacía mucho frío, todo estaba cubierto de nieve. En el vagón, detrás de mí, había dos chicas que no paraban de hablar y que se reían cada dos por tres. Al escucharlas, me pareció que yo no tenía edad.

La señora P.-R. me recibió profiriendo exclamaciones sobre el frío glacial y me hizo entrar rápidamente. En la cocina había un hombre sentado. Era más joven que ella y llevaba una boina en la cabeza. No pareció ni sorprendido ni molesto de verme. No recuerdo si se quedó o se fue, pero debió de pronunciar algunas palabras, porque pensé que era italiano. En la mesa había una palangana llena de agua todavía humeante donde flotaba un tubo fino y rojo. Comprendí que era la nueva sonda que pensaba ponerme. No había visto la primera. Parecía una serpiente. Al lado de la palangana había un cepillo de pelo.

(Si tuviera que representar en un cuadro aquel acontecimiento de mi vida, pintaría una mesita de formica pegada a la pared y, encima de ella, una palangana esmaltada en la que flota una sonda roja. Ligeramente a la derecha se encuentra un cepillo de pelo. No creo que exista un solo *Taller de la abortera* en ningún museo del mundo.)

Me hizo pasar al dormitorio como la primera vez. Ya no me daba miedo lo que me iba a hacer. No sentí ningún daño. Mientras me quitaba la primera sonda para colocarme la de la palangana exclamó: «¡Está en pleno proceso!». Era una frase que podría haber dicho una comadrona. Hasta ese momento no había pensado que todo aquello pudiera compararse a un parto. No me pidió más dinero, pero me dijo que le mandara la sonda, porque era un modelo difícil de conseguir.

Cuando volví de París en el tren, en mi compartimento había una mujer que no paraba de limarse las uñas.

La función práctica de la señora P.-R. se acaba aquí. Había realizado su cometido: iniciar el proceso que haría desaparecer el problema. No le había pagado para que me asistiera después.

(En el momento en el que escribo, unos refugiados kosovares intentan pasar clandestinamente a Inglaterra desde Calais. Los traficantes de personas les exigen enormes cantidades de dinero y a veces desaparecen antes incluso de que comience la travesía. Pero ni los kosovares ni ninguno de los emigrantes de los países pobres se arredran ante nada, pues no tienen otra vía de salvación. Hoy en día se persigue a los traficantes de personas y se deplora su existencia de la misma forma que hace treinta años se deploraba la de las personas que practicaban abortos. Pero no se cuestionan las leyes ni el orden mundial que provocan este fenómeno. Y seguramente entre los traficantes de inmigrantes, como antes entre las aborteras, debe de haber algunos más serios que otros.

Arranqué rápidamente de mi cuaderno de direcciones la página donde figuraba el apellido de la señora P.-R. No lo he olvidado nunca. Volví a encontrármelo seis o siete años después: era el apellido de uno de mis alumnos de primero de bachillerato, rubio y taciturno, con los dientes cariados, demasiado alto y demasiado mayor para el curso en el que estaba. Nunca pude decir su apellido cuando le hacía una pregunta, ni leerlo en las hojas de examen, sin asociarlo a la mujer del pasaje Cardinet. Para mí, aquel chico solo existió en relación con una vieja abortera de quien yo creía que era el nieto. Y al hombre que descubrí en la cocina de la señora P.-R., y que probablemente era su compañero, también lo estuve viendo durante años en una pequeña mercería de Annecy, en la Place de Notre-Dame. Era un italiano que hablaba francés con mucho acento y que llevaba una boina calada en la cabeza. Llegué a identificarlos de tal forma que ahora no puedo distinguir la copia del original, y sitúo en el pasaje Cardinet, un sábado glacial de enero, al hombre que me vendía en los años setenta cintas y botones junto a una mujercilla ágil y sin edad.)

Al bajar del tren llamé al doctor N. Le dije que me habían puesto una sonda. Quizá tenía la esperanza de que me hiciera ir a su consulta, como el mes anterior, y de que tomara el relevo de la señora P.-R. Permaneció unos instantes en silencio y después me aconsejó que tomara Masogynestril.* Por el tono de su voz comprendí que lo último que deseaba era verme y que no debía volver a llamarle nunca más.

(Entonces no era capaz de imaginármelo —como puedo hacer ahora— bruscamente empapado de sudor al oír la voz de una chica diciéndole que llevaba tres días paseando con una sonda en el útero. Le veo paralizado ante el dilema. Si aceptaba verme, la ley le obligaba a retirarme enseguida la sonda y a hacerme continuar con un embarazo que yo no deseaba. Si se negaba, yo corría el riesgo de morir. Ninguna de las dos alternativas era buena, y además estaba solo. Así pues, optó por recomendarme Masogynestril.)

Entré en la farmacia más cercana, frente al Métropole, para comprar el medicamento del doctor N.

* Ya no estoy segura del nombre de ese antiespasmódico uterino que se ha dejado de vender.

La farmacéutica me preguntó: «¿Tiene usted receta? No se lo podemos dar sin receta». Me encontraba en medio de la farmacia. Detrás del mostrador, dos o tres farmacéuticos con bata blanca me miraban. El hecho de no disponer de receta demostraba mi culpabilidad. Tenía la impresión de que veían la sonda a través de mi ropa. Fue uno de los momentos en los que me sentí más desesperada.

(¿Tiene usted receta? ¡Hace falta receta! No he podido volver a escuchar estas palabras, ni ver la expresión severa del farmacéutico cuando yo contestaba que no, sin sentirme angustiada.

Mientras escribo, debo resistirme en ocasiones al lirismo de la cólera o del dolor. No quiero hacer en este texto lo que no hice, o hice tan pocas veces, durante aquel momento de mi vida, gritar y llorar. Quiero permanecer lo más cerca posible de la sensación de inamovible desgracia que tenía entonces y de la que me hacían tomar más conciencia todavía cosas tan dispares como la pregunta de una farmacéutica o la visión de un cepillo de pelo al lado de la palangana de agua donde se encontraba la sonda. Porque la conmoción que experimento al volver a ver esas imágenes, al volver a escuchar esas palabras, no tiene nada que ver con lo que sentía entonces: es tan solo una emoción para la escritura. O lo que es lo mismo: una emoción que permite la escritura y que constituye la señal de su verdad.)

Durante el fin de semana, en la ciudad universitaria solo se quedaban los estudiantes extranjeros y algunas chicas cuyos padres vivían lejos. El comedor universitario estaba cerrado. No tenía ninguna necesidad de hablar con nadie. Recuerdo que no sentía miedo, tan solo cierta tranquilidad: solo me quedaba esperar.

No podía leer ni escuchar discos. Tomé una hoja de papel y dibujé el pasaje Cardinet tal y como lo vi cuando bajé de la casa de la abortera: con los altos muros muy cerca los unos de los otros y una hendidura al fondo por donde entraba la luz. Ha sido la única vez en mi vida de adulta que he tenido ganas de hacer un dibujo.

El domingo por la tarde estuve caminando por las frías y soleadas calles de Mont-Saint-Aignan. La sonda ya no me molestaba. Era un objeto que formaba parte de mi vientre, una aliada a la que lo único que le reprochaba era no actuar lo suficientemente rápido.

En mi diario aparece escrito el 19 de enero: «Pequeños dolores. No sé cuánto tiempo va a necesitar el embrión para morir y ser expulsado. Un clarín toca *La Marsellesa,* se oyen risas en la planta de arriba. Así es la vida».

(Así pues, aquello no era una desgracia. Lo que era realmente habría que buscarlo quizás en la necesidad que tuve de imaginarme de nuevo en aquel dormitorio, aquel domingo, para escribir mi primer libro, *Los armarios vacíos,* ocho años después. En el deseo que sentí de recordar, aquel domingo y en aquella habitación, todo lo que había sido mi vida hasta los veinte años.)

El lunes por la mañana hacía cuatro días que vivía con una sonda. Hacia mediodía tomé el tren a Y. para hacer un rápido viaje de ida y vuelta a casa de mis padres, pues temía no poder verlos el sábado siguiente. Quizá, como de costumbre, decidí echar a cara o cruz si me daría tiempo de correr tal riesgo. La temperatura había subido. Mi madre había abierto las ventanas de los dormitorios. Me miré las bragas. Estaban mojadas de sangre y agua que se deslizaban a lo largo de la sonda, que comenzaba a salirse de mi sexo. Por la ventana podía ver las casitas bajas del barrio, los jardines, el mismo paisaje que había visto desde mi infancia.

(Sobre esta imagen se cuela otra de algo que había sucedido nueve años antes. La de la gran mancha rosácea, de sangre y humores, que dejó en mi almohada la gata antes de morir una tarde de abril, mientras yo estaba en el colegio. Recuerdo que cuando volví ya la habían enterrado, con los gatitos muertos en su interior.)

Regresé a Ruan en el tren de las cuatro y veinte. El trayecto solo duraba cuarenta minutos. Como de costumbre, me llevé de casa de mis padres Nescafé, leche condensada y varios paquetes de galletas.

Aquella tarde ponían *El acorazado Potemkin* en el cineclub de la Faluche. Fui con O. Unos dolores a los que antes no había prestado atención me contrajeron a intervalos el vientre. A cada contracción, miraba fijamente la pantalla conteniendo la respiración. Los intervalos se acortaban. Ya no podía seguir la película. Un enorme trozo de carne lleno de gusanos y suspendido de un gancho apareció en la pantalla. Es la última imagen que conservo de la película. Me levanté y corrí a la residencia universitaria. Me acosté y me agarré a la cabecera de la cama, intentando ahogar los gritos. Vomité. Más tarde, entró O. La película había acabado. Se sentó junto a mí sin saber qué hacer; me aconsejó que respirara como las mujeres en los partos sin dolor, como un perrito. Solo podía jadear entre contracción y contracción, y estas no cesaban. Era más de medianoche. O. se fue a acostar diciéndome que la llamara si la necesitaba. Ni la una ni la otra sabíamos qué iba a pasar a continuación.

Sentí unas violentas ganas de hacer caca. Corrí a los servicios, al otro lado del pasillo, y me puse de cuclillas delante del retrete, frente a la puerta. Veía las baldosas entre mis muslos. Empujaba con todas mis fuerzas. Salió como si fuera una granada, con una salpicadura de agua que llegó hasta la puerta. Vi un muñequito colgando de mi sexo al final de un cordón rojizo. Nunca hubiera imaginado que pudiera tener aquello dentro de mí. Tuve que andar con él hasta mi habitación. Lo tomé en la mano —pesaba extrañamente— y avancé por el pasillo apretándolo entre mis muslos. Me comportaba como un animal.

La puerta de O. estaba entreabierta. Vi que tenía la luz encendida. La llamé suavemente y le dije: «Ya está».

Nos encontramos las dos en mi habitación. Yo sentada en la cama con el feto entre las piernas. No sabemos qué hacer. Le digo a O. que hay que cortar el cordón. Toma unas tijeras, no sabemos por qué lugar hay que cortar, pero lo hace. Miramos el feto. Tiene un cuerpo minúsculo y una gran cabeza. Bajo los párpados transparentes, los ojos parecen dos manchas azules. Parece una muñeca india. Le miramos el sexo. Nos parece ver el comienzo de un pene. Así que he sido capaz de fabricar esto. O. se sienta en el taburete. Llora. Lloramos en silencio. Es una escena que no tiene nombre en la que la vida y la muerte se dan la mano. Es una escena de sacrificio.

No sabemos qué hacer con el feto. O. va a buscar a su dormitorio una bolsa de galletas vacía y lo meto dentro. Voy hasta el cuarto de baño con la bolsa. Pesa como si llevara una piedra dentro. Vuelco la bolsa encima del retrete. Tiro de la cadena.

En Japón, los abortos reciben el nombre de *mizuko,* los niños del agua.

Los gestos de aquella noche surgieron de forma automática. En aquel momento eran los únicos que podían hacerse.

Por sus creencias y su ideal burgués de vida, O. no estaba preparada para cortar el cordón de un feto de tres meses. A estas alturas, quizá recuerde aquel episodio como un trastorno inexplicable, como una anomalía en su vida. Quizá condene a los abortistas. Pero fue ella, cuya carita crispada y llena de lágrimas aún me parece estar viendo, solo ella, quien estuvo a mi lado aquella noche, improvisando el papel de comadrona, en la habitación 17 de la residencia universitaria.

Empecé a perder sangre. Al principio no hice caso, porque pensé que todo había acabado. La sangre brotaba de forma irregular del cordón cortado. Estaba tendida en la cama sin moverme y O. me pasaba toallas de baño que se empapaban rápidamente. No quería ver a ningún médico, hasta el momento me las había arreglado sin ellos. Quise levantarme, solo vi centelleos. Pensé que iba a morirme de una hemorragia. Grité a O. que necesitaba un doctor de inmediato. Bajó a llamar al portero. No respondía. Después se oyeron voces. Estaba segura de que había perdido demasiada sangre.

Con la entrada en escena del médico de guardia comienza la segunda parte de la noche. De ser una experiencia pura de vida y muerte, se convirtió en una de exposición y juicio.

Se sentó en mi cama y, agarrándome por la barbilla, me preguntó: «¿Por qué lo has hecho? ¿Cómo lo has hecho? ¡Responde!». Me miraba fijamente con los ojos brillantes. Le supliqué que no me dejara morir. «¡Mírame! ¡Júrame que no volverás a hacerlo nunca más!» Como me miraba de esa forma enloquecida, pensé que sería capaz de dejarme morir si no lo juraba. Sacó su talonario de recetas y me dijo: «Irás al hospital Hôtel Dieu». Repuse que prefería ir a una clínica. Repitió con firmeza «Al Hôtel Dieu», haciéndome ver que aquel era el único lugar al que una chica como yo podía ir. Me pidió que le pagara la visita. No podía levantarme. Abrió el cajón de mi escritorio y tomó el dinero de mi monedero.

(Acabo de encontrar entre mis papeles esta escena, escrita ya hace varios meses. Me doy cuenta de que ya entonces empleé las mismas palabras que he utilizado ahora «era capaz de dejarme morir», etcétera. También aparecen las mismas comparaciones que todavía me vienen a la cabeza cada vez que pienso en el momento en que aborté en los servicios: para mí fue como la caída de un obús o de una granada, o como la espita de un tonel que salta. Esta imposibilidad de decir las cosas con otras palabras, esta unión definitiva de la realidad pasada y una imagen que excluye a todas las demás, me parece la prueba de que fue *realmente así* como viví el acontecimiento.)

Me bajaron de la habitación en camilla. Lo veía todo borroso, no llevaba las gafas puestas. Los antibióticos, la sangre fría de la primera parte de la noche no habían servido para nada; al final había acabado en el hospital. Tenía la sensación de haber actuado bien hasta la hemorragia. Intentaba saber qué era lo que había hecho mal. Probablemente no deberíamos haber cortado el cordón. Ya no controlaba nada.

(Siento que ocurrirá lo mismo cuando este libro esté acabado. Mi determinación, mis esfuerzos, todo este trabajo secreto, incluso clandestino, en la medida en que nadie sospecha lo que estoy escribiendo, desaparecerán de pronto. No tendré ningún poder sobre mi texto, que será expuesto como mi cuerpo en el hospital.)

Me colocaron en una cama con ruedas en el vestíbulo, frente al ascensor, en medio de las idas y venidas de la gente. Nadie acudía a atenderme. Llegó una joven con un vientre enorme, acompañada por otra mujer que debía de ser su madre. Dijo que iba a dar a luz. La enfermera le regañó, le contestó que todavía le faltaba mucho. La chica quería quedarse. Se produjo una discusión y la chica volvió a irse con su acompañante. La enfermera alzó los hombros y exclamó: «¡Nos la lleva jugando desde hace quince días!». Comprendí que se trataba de una chica de unos veinte años que no tenía marido. Había decidido dar a luz, pero no la trataban mejor que a mí. La joven que había abortado y la madre soltera de uno de los barrios pobres de Ruan nos encontrábamos en la misma situación. Quizás a ella la despreciaran todavía más que a mí.

Recuerdo la sala de operaciones: me encontraba desnuda bajo una luz violenta, con las piernas abiertas y los pies sujetos con unas correas. No comprendía por qué me tenían que operar si ya no había nada que sacarme del vientre. Supliqué al joven cirujano que me dijera lo que me iba a hacer. De pie, delante de mis muslos separados, gritó: «¡Yo no soy el fontanero!». Son las últimas palabras que oí antes de caer bajo los efectos de la anestesia.

(«¡Yo no soy el fontanero!» Esta frase, como todas las que jalonaron el acontecimiento, frases muy comunes, proferidas por gente que las decía sin reflexionar, continúa produciendo en mi interior el mismo efecto que el estallido de una bomba. Por mucho que me la repita a mí misma una y otra vez, o intente comprenderla mediante un comentario sociopolítico no se va a atenuar su violencia. Era una frase que no me esperaba. Me parece estar viendo a un hombre con guantes de goma y vestido de blanco que me vapulea mientras me grita: «¡Yo no soy el fontanero!». Y esta frase, que quizá le inspiró un *sketch* de Fernand Raynaud que entonces hacía reír a toda Francia, continúa jerarquizando el mundo en mi interior, separando a garrotazos a los médicos de los obreros y de las mujeres que abortan, a los dominantes de los dominados.)

Me desperté en mitad de la noche. Una mujer entró en mi habitación y me gritó que me callara de una vez. Le pregunté si me habían quitado los ovarios. Me tranquilizó con brutalidad contestándome que solo me habían hecho un raspado. Estaba sola en la habitación, vestida con un camisón del hospital. Oía el llanto de un niño. Mi vientre era como una especie de recipiente flácido.

Entonces supe que, durante la noche, había perdido el cuerpo que había tenido desde la adolescencia, con su sexo vivo y secreto. Aquel sexo que había absorbido el sexo de un hombre sin cambiar, haciéndose todavía más vivo y secreto. Ahora tenía un sexo expuesto, descuartizado, un vientre rascado, abierto al exterior. Un cuerpo parecido al de mi madre.

Miré la hoja colgada a los pies de la cama. En ella aparecía escrito: «Útero grávido». Era la primera vez que leía esa palabra: «grávido». Me desagradaba. Al acordarme de la palabra latina —*gravidus,* pesado— comprendí su significado. No entendía por qué la habían escrito si yo no estaba embarazada. Así pues, no querían decir lo que me había pasado.

Al mediodía me trajeron una carne hervida sobre un repollo aplastado y lleno de nervios que ocupaba todo el plato. No pude ni tocarlo. Tenía la impresión de que me estaban dando de comer mi propia placenta.

En el pasillo reinaba una gran agitación que parecía irradiar del carro de la comida. Cada dos por tres se oía gritar a una mujer, «una crema para la señora X, o Y, que está dando de mamar», como si de un privilegio se tratara.

El residente que me había atendido la noche anterior pasó a verme. Permaneció junto a la puerta. Parecía incómodo. Pensé que estaba avergonzado por el hecho de haberme maltratado en la sala de operaciones. Me sentía violenta por él. Pero me equivocaba, porque de lo único que se avergonzaba, como descubrí esa misma noche, era de haber tratado a una estudiante de la facultad de letras como a una obrera textil o a una dependienta de Monoprix.

Hacía ya un buen rato que habían apagado todas las luces. La enfermera de noche, una mujer de cabellos grises, volvió a mi habitación y se acercó silenciosamente hasta la cabecera de mi cama. A la luz de la lamparilla de noche pude ver la expresión benevolente de su rostro. Me susurró con voz gruñona: «¿Por qué no le dijo al doctor la noche anterior que era como él?». Después de unos segundos comprendí que se refería a que por qué no le había dicho que pertenecía a su mundo. Me contó que se había enterado de que era una estudiante después de hacerme el raspado. Probablemente al ver mi carnet de la Mutualidad Nacional de los Estudiantes de Francia. Remedó la sorpresa y la cólera del residente, «pero ¿por qué no me lo ha dicho? ¿Por qué?». Parecía como si ella también estuviera indignada por mi actitud. Debí de pensar que tenía razón y que yo era la culpable de que el doctor se hubiera comportado de una forma tan violenta conmigo: al fin y al cabo, él no sabía con quién estaba tratando.

Al irse hizo una alusión a mi aborto y concluyó con convicción: «¡Así estará mucho más tranquila!». Son las únicas palabras de consuelo que recibí en el hospital y que debí no tanto a una complicidad entre mujeres como a una aceptación por parte de la «gente humilde» del derecho de «los de arriba» a situarse por encima de las leyes.

(Si supiera el apellido de aquel residente que estuvo de guardia durante la noche del 20 al 21 de enero de 1964 y lo recordara, nada podría impedirme escribirlo aquí. Pero pienso que se trataría de una venganza inútil e injusta, ya que su comportamiento no debía de ser más que la muestra de una práctica general.)

El pecho comenzó a hinchárseme y a dolerme. Me dijeron que se debía a la subida de la leche. No me imaginaba que mi cuerpo pudiera fabricar leche para alimentar a un feto de tres meses ya muerto. La naturaleza continuaba haciendo su trabajo de forma automática a pesar de la ausencia. Me envolvieron el busto con una venda de tela. Cada vuelta me aplastaba más los pechos, era como si quisieran metérmelos para dentro. Pensé que nunca más se erguirían. Una enfermera dejó un gran tazón de tisana en la mesilla de noche y me dijo: «¡Cuando se haya bebido todo esto, dejarán de dolerle los pechos!».

Jean T., L.B. y J.B. vinieron juntos a verme. Les conté lo de la hemorragia y cómo me habían enviado al Hôtel Dieu para castigarme. Les hice una narración en clave de humor que les gustó mucho. En ella no aparecía ninguno de los detalles que, por otra parte, enseguida olvidé. L.B. y yo comparamos con júbilo nuestros abortos. J.B. me contó que la dueña de la tienda de ultramarinos de la esquina le había dicho que para abortar no hacía falta ir a París, pues en el barrio había una mujer que solo cobraba trescientos francos por hacerlo. Bromeamos sobre los cien francos que hubiera podido ahorrarme. En ese momento podíamos reírnos de las vejaciones y del miedo, de todo aquello que no nos había impedido transgredir la ley.

No recuerdo haber leído nada durante los cinco días que pasé en el Hôtel Dieu. Los transistores estaban prohibidos. Era la primera vez desde hacía tres meses que ya no tenía que esperar nada. Permanecía tumbada y veía por la ventana los tejados de la otra ala del hospital.

Los recién nacidos lloraban de forma intermitente. En mi habitación no había ninguna cuna, pero yo también había parido. No me sentía diferente a las mujeres de la sala de al lado. Me parecía incluso que sabía más que ellas. En los servicios de la residencia universitaria había traído al mundo una vida y una muerte al mismo tiempo. Por primera vez me sentí atrapada en una cadena de mujeres por la que pasaban las generaciones. Fueron unos días grises e invernales. Yo flotaba rodeada de luz en medio del mundo.

El sábado 25 de enero me fui del Hôtel Dieu. L.B. y J.B. se encargaron de las formalidades y me acompañaron a la estación. Llamé al doctor N. desde la oficina de correos más cercana para anunciarle que todo había acabado. Me aconsejó que volviera a tomar penicilina; en el hospital no me habían dado ningún medicamento. Volví a casa de mis padres y pretexté una gripe para poder acostarme enseguida. Les pedí que hicieran venir al doctor V., el médico de cabecera de la familia. El doctor N. le había puesto al corriente de mi aborto. Tenía que examinarme discretamente y prescribirme penicilina.

En cuanto mi madre se alejó, el doctor V. comenzó a hablar en voz baja, con excitación. Quería saber quién me lo había hecho. Me dijo bromeando: «¿Por qué te fuiste a París?, si en tu misma calle vive la señora... [yo no la conocía], que lo hace muy bien». Ahora que ya no lo necesitaba aparecían aborteras por todas partes. Pero no me hacía ilusiones al respecto: el doctor V., que votaba a un partido de derechas y se sentaba en primera fila en la misa de los domingos, solo podía darme aquella dirección cuando ya no la necesitaba. Sentado en mi cama, no le suponía ningún esfuerzo disfrutar de la complicidad y de la simpatía que siempre había manifestado hacia una buena estudiante que pertenecía a una «esfera social modesta» que quizá pasara a formar parte de su mundo.

Este es el único recuerdo que conservo de los días que pasé en casa de mis padres después de salir del hospital: estoy recostada en mi cama, con la ventana abierta. Leo las *Poesías* de Gérard de Nerval en la colección 10/18. Veo mis piernas extendidas al sol y cubiertas con unas medias negras, me parecen las piernas de otra mujer.

Regresé a Ruan. Era un mes de febrero frío y soleado. No tenía la impresión de haber vuelto al mismo mundo. Los rostros de los transeúntes, los coches, las bandejas sobre las mesas del comedor universitario, todo lo que veía me parecía rebosante de significados. Pero, debido a ese mismo exceso, no podía captar ninguno de ellos. Por un lado estaban los seres y las cosas que significaban demasiado, y por otro las palabras, que no significaban nada. Me encontraba en un estado febril de conciencia pura, más allá del lenguaje, que la noche no interrumpía. Dormía con un sueño ligero en el que yo estaba convencida de permanecer despierta. Delante de mí flotaba un muñequito blanco, como aquel perro de una novela de Jules Verne cuyo cadáver, después de haber sido arrojado al éter, continuaba siguiendo a los astronautas.

Iba a la biblioteca a trabajar en mi tesina, que había dejado abandonada desde mediados de septiembre. Me costaba mucho leer, tenía la sensación de estar descifrando un jeroglífico. El tema de mi tesina, la mujer en el surrealismo, se me presentaba dentro de una globalidad luminosa, pero no conseguía descomponer aquella visión en ideas, expresar en un discurso coherente lo que percibía bajo la forma de una imagen onírica: sin contornos y, sin embargo, de una realidad irrefutable, más real incluso que los estudiantes inclinados sobre los libros y que el grueso bedel que merodeaba alrededor de las chicas que buscaban referencias en los ficheros. Me sentía ebria de una inteligencia sin palabras.

Escuchaba en mi habitación *La pasión según san Juan* de Bach. Cuando se elevaba la voz solitaria del evangelista recitando en alemán la pasión de Cristo, me parecía que lo que contaba en una lengua desconocida era la prueba que yo había pasado de octubre a enero. Después venían los coros. *«Wohin! Wohin!»* Y un horizonte inmenso se abría, y la cocina del pasaje Cardinet, la sonda y la sangre se fundían con el sufrimiento del mundo y la muerte eterna. Me sentía salvada.

Caminaba por las calles con el secreto de la noche del 20 al 21 de enero en mi cuerpo, como si de algo sagrado se tratara. No sabía si había estado en el límite del horror o de la belleza. Sentía orgullo. Probablemente el mismo que sienten los navegantes solitarios, los drogadictos y los ladrones, el de haber llegado a donde a los demás nunca se les pasará por la cabeza ir. Quizás haya sido este orgullo lo que me ha llevado a escribir este relato.

Una noche salí con O. y un grupo de gente. Estaba sentada en el fondo del local y miraba cómo bailaban los demás, asombrada ante su placer. El rostro luminoso de Annie L., que iba vestida con uno de esos trajecitos de lana blanca que entonces estaban de moda, era una muestra de lo mucho que los demás disfrutaban. Yo era la convidada de piedra de un ritual cuyo sentido se me escapaba.

Una tarde fui con Gérard H., un estudiante de medicina, a su habitación de la Rue Bouquet. Me quitó el jersey y el sujetador; vi que mis senos, llenos de leche dos semanas antes, se habían convertido en unos pechos diminutos y aplastados. Me hubiera gustado hablarle de eso y de la señora P.-R. No quise hacer nada con él. Estuvimos comiendo un bizcocho que había hecho su madre.

Otra tarde entré en la iglesia de Saint-Patrice, próxima al Boulevard de la Marne, para decirle a un sacerdote que había abortado. Enseguida me di cuenta de mi error. Yo me sentía en la luz, pero para él yo era una criminal. Al salir supe que para mí la religión se había acabado.

Más tarde, en marzo, volví a ver en la biblioteca a Jacques S., el estudiante que me había acompañado hasta el autobús cuando fui por primera vez al ginecólogo. Me preguntó por mi tesina. Salimos al vestíbulo. Como de costumbre, daba vueltas alrededor de mí mientras hablaba. Iba a entregar su tesina sobre Chrétien de Troyes en mayo y le sorprendió que yo acabara de comenzar a trabajar en la mía. Le di a entender con muchos rodeos que había tenido un aborto. Quizá lo hice por odio de clase, para desafiar a aquel hijo de director de fábrica que hablaba de los obreros como si se tratara de otro mundo, o quizá por orgullo. Cuando comprendió el sentido de mis palabras, dejó de moverse y me miró con los ojos como platos, estupefacto ante aquella escena invisible, presa de la misma fascinación que experimentaban todos los hombres hacia mí* cuando les contaba aquello... Repetía, maravillado: «Bravo, querida, bravo».

---

* Y que reconocí enseguida, inmensa, en John Irving, en su novela *Príncipes de Maine, reyes de Nueva Inglaterra* (traducción española en Tusquets Editores, Andanzas 29, Barcelona, 1986), donde uno de los personajes ve morir a las mujeres que abortan clandestinamente en condiciones atroces, y decide practicar él mismo el aborto de una forma limpia en una clínica modelo en la que, además, educa a un niño que una de las mujeres abandona después del parto. Sueño de matriz y de sangre donde él se adjudica el poder sobre la vida y la muerte que tienen las mujeres.

Volví al consultorio del doctor N. Después de realizarme un minucioso examen, me dijo sonriendo, con un tono de elogio y satisfacción, que «había conseguido salir muy bien» del apuro. Sin saberlo, él también me incitaba a transformar la violencia sufrida en victoria individual. Me suministró como medio anticonceptivo un diafragma que tenía que colocarme en el fondo de la vagina y dos tubos de gel espermicida.

No envié la sonda a la señora P.-R. Pensé que por el precio que había pagado no tenía por qué hacerlo. Un día tomé el coche de mis padres y fui a tirarla a un bosque que había al borde de la carretera. Más tarde me arrepentí de haberlo hecho.

No sé cuándo volví al mundo llamado normal, formulación vaga pero cuyo sentido todos comprenden, es decir, aquel en el que la visión de un lavabo brillante o de las cabezas de los pasajeros en un tren deja de plantearnos interrogantes o de resultar dolorosa. Comencé a redactar mi tesina.

Cuidé a unos niños por la noche y trabajé como telefonista de un cardiólogo para ir devolviendo poco a poco el dinero del aborto. Fui al cine a ver *Charada,* con Audrey Hepburn y Cary Grant, y *Piel de banana,* con Jeanne Moreau y Belmondo: películas de las que no guardo ningún recuerdo. Me corté el pelo y cambié mis gafas por unas lentillas. Al principio, ponérmelas me resultaba tan difícil y azaroso como colocarme el diafragma en el fondo de la vagina.

No volví a ver nunca más a la Señora P.-R. y, sin embargo, nunca he dejado de pensar en ella. Sin saberlo, aquella codiciosa mujer me arrancó de mi madre y me lanzó al mundo. Es a ella a quien debería dedicar este libro.

Durante años, la noche del 20 al 21 de enero ha sido para mí como un aniversario.

Hoy sé que debía pasar por esa prueba y ese sacrificio para desear tener niños. Para aceptar la violencia de la reproducción dentro de mi cuerpo y convertirme, a mi vez, en lugar de paso para las generaciones futuras.

He acabado de poner en palabras lo que se me revela como una experiencia humana total de la vida y de la muerte, del tiempo, de la moral y de lo prohibido, de la ley, una experiencia vivida desde el principio al final a través del cuerpo.

Me he quitado de encima la única culpabilidad que he sentido en mi vida a propósito de este acontecimiento: el haberlo vivido y no haber hecho nada con él. Como si hubiera recibido un don y lo hubiera dilapidado. Porque por encima de todas las razones sociales y psicológicas que pueda encontrar a lo que viví, hay una de la cual estoy totalmente segura: esas cosas me ocurrieron para que diera cuenta de ellas. Y quizás el verdadero objetivo de mi vida sea este: que mi cuerpo, mis sensaciones y mis pensamientos se conviertan en escritura, es decir, en algo inteligible y general, y que mi existencia pase a disolverse completamente en la cabeza y en la vida de los otros.

Esta tarde he vuelto al pasaje Cardinet, en el distrito XVII. Había preparado mi itinerario con un plano de París. Quería encontrar el café donde estuve haciendo tiempo antes de acudir a mi cita con la señora P.-R.; y la iglesia de Saint-Charles-Borromée, donde permanecí un buen rato. En el plano solo figuraba Saint-Charles-de-Monceau. Pensé que quizá le hubieran cambiado el nombre. Me bajé en la estación Malesherbes y fui caminando hasta la Rue de Tocqueville. Eran alrededor de las cuatro y hacía mucho frío, a pesar de que el cielo estaba totalmente despejado. En la entrada del pasaje Cardinet habían colocado una placa nueva. Encima de ella seguía la placa antigua: negra, ininteligible. La calle estaba vacía. En la fachada de la planta baja de un edificio había un gran letrero en el que se leía: ASOCIACIÓN DE LOS

SUPERVIVIENTES DE LOS CAMPOS NAZIS Y DE LOS DE-
PORTADOS DEL DEPARTAMENTO DE SENA Y OISE. No
recordaba haberlo visto nunca.

Llegué al portal de la señora P.-R. Me detuve
delante de la puerta, estaba cerrada. Para abrirla
había que introducir un código. Continué avan-
zando por en medio de la calzada, sin dejar de
mirar la luz que entraba entre los muros al final
de la calle. No me crucé con nadie ni pasó ningún coche. Tenía la impresión de estar repro-
duciendo los gestos de un personaje sin sentir
nada.

Al final del pasaje Cardinet giré a la derecha y
busqué la iglesia. Era la de Saint-Charles-de-Monceau, no la de Saint-Charles-Borromée. Al ver la
estatua de santa Rita que hay en su interior pensé
que debería haberle puesto una vela aquel día,
pues era la santa de las «causas perdidas». Volví a
la Rue de Tocqueville. Me pregunté cuál sería el
café en el que había esperado hasta la hora de la
cita tomando un té. Desde el exterior ninguno me
recordaba nada, pero estaba segura de que lo re-
conocería al ver los servicios del sótano, a los que
bajé justo antes de ir a casa de la señora P.-R.

Entré en el café Brazza. Pedí un chocolate y saqué los ejercicios que tenía para corregir, pero no pude leer ni una sola línea. No dejaba de decirme a mí misma que debía ir a ver los servicios. Una pareja de jóvenes se besaba, inclinándose por encima de la mesa. Al final me levanté y pregunté al camarero dónde estaban los servicios. Me señaló la puerta que había al fondo de la sala. Daba directamente a un cuchitril en el que había un lavabo con un espejo encima y una puerta a la derecha, la del váter. Era un retrete turco. No recordaba si el del café de hacía treinta años era así. En aquella época no me hubiera llamado la atención. Casi todos los retretes públicos eran así: un agujero con un escalón a cada lado para apoyar los pies y acuclillarse.

En el andén de la estación de Malesherbes me dije que había vuelto al pasaje Cardinet creyendo que iba a ocurrirme algo.

Febrero - octubre de 1999